U0164276

玉陞

黃秀蓮 · 著

責任編輯：羅國洪
封面設計：Alice Yim
題　　字：鄒志誠

玉墜

作　　者：黃秀蓮

出　　版：匯智出版有限公司
　　　　　香港九龍尖沙咀赫德道2A首邦行8樓803室
　　　　　電話：2390 0605　　傳真：2142 3161
　　　　　網址：http://www.ip.com.hk

發　　行：聯合新零售（香港）有限公司
　　　　　香港新界荃灣德士古道 220-248 號荃灣工業中心 16 樓
　　　　　電話：2150 2100　　傳真：2407 3062

印　　刷：陽光（彩美）印刷有限公司

版　　次：2021 年 10 月初版

國際書號：978-988-75441-5-9

等閒變瑰琦，尋常化絢爛

——序黃秀蓮《玉墜》

多少年來，秀蓮老是堅稱自己是我的學生，跟她出門同行，重的東西她提，煩的表格她填，上車下車她照顧，買單付款她搶先，樣樣都奉行「有事，弟子服其勞」的守則，儘管她當年在崇基學院讀書時，不是主修，也不是副修翻譯系，只不過是湊巧選了一科我教的《翻譯概論》而已。

如今，我們早已超越師生關係，變成談文說藝的同道中人了。這一兩年疫情嚴峻期間，各自宅在家中，雖不能見面，然音訊常通，知道她不會心浮氣躁，我也不會無聊難耐，因為，我們手中都有一支筆，雖然身困四壁之內，仍可借助文字，寄想託情，敍事言懷，讓有限的空間，拓展出無限的天地。

一天，收到秀蓮的訊息，「我出第七本散文了」，她

説；可否為她寫序呢？她問。我聽後，欣然應允，一則為她疫中有成而欣喜；二則，知道佳作在前，又可以先睹為快了。

為了節省我的目力，她第二天一大早就把放大字體的稿件從太古親自送來九龍了，映入眼簾的是分成三疊的稿紙，封面兩個醒目的大字——《玉墜》，又一本精心覓句、辭清藻蘭的新作！

這本《玉墜》，共分五輯，作者仍然以一貫雍容秀逸的筆觸，抒寫故人情，香江景，當年事，異地緣，以及文藝論。

書中大部分説的都是等閒人家的尋常事物，例如一個玉墜，一方手帕，一件袖領脫線的舊大衣，作者借物抒情，看似寫意的小品，實則乃精雕細琢的工筆素描，一字一句，每每看到用心血澆鑄出來的痕跡。例如：提起玉墜，「玉墜一點也不珍貴，可珍貴者，是在兵馬倥傯的人生路上，曾經有緣相聚，又能夠彼此關顧而已」；説到舊衣，「修補後，衣襬仍會輕輕飄起，如回應北風，如訴説平生」；珍惜一方學生送贈的手帕，「一塊輕輕的小小的，翻開來卻翻出一片童真爛漫」。歷來在藝苑文林，描繪的原型可以平平無奇，例如雨天廊前的滴水，老嫗臉上的皺紋，如何能入詩入畫，變為藝術，

實賴執筆者化腐朽為神奇的功效,《玉墜》作者因心中有情,筆端有力,自可將等閒事物變瑰琦!

秀蓮出身草根階層,自幼勤奮過人,努力上進,在原本重男輕女的傳統家庭裏,居然獨排眾議,投考大學,嗣後成為家中唯一大學畢業的尖子,自此自強不息,執起教鞭,以作育英才為終身職業。從她的文字裏,可以看到一個發奮圖強的典範,見證她如何從唐樓,到居屋,到自置物業的脫貧過程,那一步步向上的奮鬥經歷,恰好跟香港由儉入豐,從蕞爾小島進化為國際大都會的歲月互相呼應,因此,若要述說香港故事,再也沒有誰比秀蓮說得更細意熨貼,娓娓動聽了。

遊弋於《玉墜》字裏行間,穿插於香江大街小巷,讀者彷彿走進了一個不老的時空,放眼望去,都是似陌生又熟悉的人物與景色。作者帶領着我們,巡迴在城市風景線中,以溫情脈脈的筆觸,讓我們見識鎖匙匠的巧手,改衣娘的絕技,搬運工的勤勞,失業人的辛酸。作者又以過來人的身份,告訴讀者筲箕灣橫街有家二手冰箱鋪,皇后大道東有家名叫「快樂」又真能帶來快樂的餅店,上環有家賣涼果的老鋪,這些小人物,老地方,在作者細膩感性的述說中,都變得親切雋永,饒有興味。

秀蓮謙遜勤奮,是個珍惜生命,尊重文字,懂得生

活的人。尋常家居，窗外橫杆三隻小鳥連翩而至，她會想到鳥兒彼此依偎，柔毛接觸，軟入心脾，因此推斷鳥兒「情商、智商都頗高，高得知道怎麼溫暖自己，溫暖人間」；秋日暖陽映照向南的小屋，「曙色已露的時分，淡淡的金光已照到花槽裏的籬杜鵑，紅綠在光照下顯得明亮」，她會想起良辰美景，稍縱即逝，因而更珍惜當下。她的文字裏充滿了同情，體恤，和憐憫，在地鐵車廂一角，看到父母護着沒戴口罩的嬰兒，擔當了勇者抗疫的角色，她筆下流露出殷切的關懷之情：「且看看這定鏡這特寫：溫馨中流露堅強，謹慎裏透出擔憂，愁悶中沁出喜悅」，作者以其敏銳的觀察，傳神的筆觸，的確能時時小中見大，在細微處勾勒出人生百態。

披卷展閱之際，最令人欣喜的是，通讀全書，沒有發現一句譯文腔，一個歐化語，《玉墜》裏既不見「被被不絕」，也沒有「的的不休」，目前坊間通用的另類陳腔濫調，例如動不動就「來個分享」，「作出互動」，隔幾行就用上「辨識度，存在感，回頭率」的弊病，一概絕跡。這本書，無疑是一冊最佳的範本，告訴我們，中文原來是可以這樣寫的：如此純淨似水，溫潤如玉，平和處閒淡簡遠，激昂處潤色飛揚！我國的文字傳統悠久，雍容端麗，又怎可容忍不倫不類的舶來品，來肆意破

壞，恣情污染！

　　秀蓮之所以能下筆字字珠璣，蔚然成家，是由來有自的。她這一輩子，熱愛中文，守護中文，從一而終，矢志不渝。自小就在姑婆的引導下，開始認字。「中文字，繁星般在我心頭閃耀……學習，不在案頭；良師，不在學校，認字，卻在路邊」，作者在一篇名為「記得當年認字」的文章裏如是說。自此，她愛上了中文，也因此，在大學時毫不猶豫的投考了崇基中文系。在中文的恢宏殿堂裏，她遇上了許多良師，但最讓她感念不忘的恩師，是余光中教授，也因為余教授的「親自薦助」，她才投第一篇稿，寫第一次專欄。余先生乃文壇巨擘，雖出身英文系，卻精通中國古典詩詞。他曾經自謂：「在民族詩歌的接力賽中，我手裏這一棒是遠從李白和蘇軾的那頭傳過來的」，身為余師的入室弟子，秀蓮對中國詩詞的修養，也宛然可見。古典詩詞的確是我國文化的瑰寶，鋼琴詩人傅聰雖然是西方音樂大師，然而熱愛中國詩詞，曾經說：「我越讀越愛它們，越愛自己的祖國，自己的民族，中國的文明。那種境界，我沒法在其他歐洲的藝術裏面找到。中國人的浪漫，如李白，蘇東坡，辛棄疾那種灑脫，飄逸；後主，納蘭那種真誠，沉痛；秦觀，歐陽那種柔美，含蓄等等」（見寒

碧《傅聰訪談錄》），這一切，都沉浸在他的心靈深處，使他在藝術的造詣上，勃發耀目閃亮的華彩，達到旁人難企的高峰！秀蓮的文字裏，詩詞的引用，亦信手拈來，處處可見，不由得令我想起一幕永世難忘的場景。二〇一七年重陽佳節，高雄中山大學為余光中先生祝壽，發佈「余光中香港歲月」的錄像，我與秀蓮應邀參與其盛。重九茱萸的日子，乃余先生壽辰正日，當晚我和秀蓮作東為詩人慶生，飯後下樓，在等車期間，余師和高足仍然雅興未減，開始玩起詩詞接龍的遊戲來，兩師徒一唱一和，從李白、杜甫、蘇軾到龔自珍，你一言我一語，吟唱得縱情其中，不亦樂乎！那是我見到詩翁的最後一面！

余光中先生曾經在〈守夜人〉一詩中說：「最後的守夜人守着一盞燈／只為撐一幢傾斜的巨影」，不錯，悠悠五千年的華夏文化，如巍巍巨廈，如今正面臨傾斜的危機，要維護純淨的中文，當仰賴一代又一代有心人的傳承和弘揚，余先生泉下有知，對愛徒苦心孤詣守護中文的誠意和努力，想必感到欣慰！

金聖華

二〇二一年八月十六日

＊金聖華教授，著名翻譯家，香港中文大學翻譯學榮休講座教授。

《玉墜》含愁話未休
——自序

寫作多年，到散文集《玉墜》快要付梓之時，心裏
總想求變，過往六本書，一直都未敢求序，只怕勞煩了
君子玉人。可是，人在寫作途上跋涉，且行且思，只覺
越來越希望得到良師益友來評點得失。〈箴言〉記錄了
所羅門王所說：「一句話說得得宜，就如金蘋果在銀網
子裏。」慧眼識文，卓見品論，必然金光銀燦的。

思索良久，躊躇再三，終於在鬧紅深處，風雨之
間，承金聖華教授賜序。

師生結緣於中文大學初秋時節，瀲灩波光來裝飾窗
外，《翻譯概論》來充實窗內，時維一九七七年。書窗
下，美人指點選修翻譯的大二學生，善誘之啓發之；書
篋裏，盈盈滿載翻譯理論與實例，藏之用之。

再次緣聚於余光中教授之七十大壽，高雄中山大

學裏，師生言笑晏晏，我提起當年上課情景，金教授訝然，奇怪我竟然記得那麼仔細，殊不知我的記憶力是有所選擇有所偏重的。

詞比金玉，序如琬琰，然而我所珍重者當然不止於一紙琬琰，歷經數十載而青蔥常在之師生情，其實比文字更為琬琰。說到底，世間上，又有甚麼比情更為珍貴呢？

往事歷歷，第一篇發表的文章早在一九七九年，那時是中大崇基三年級學生，陶醉於山容水色，恰是花樣年華。待到二千年才出版第一本書《灑淚暗牽袍》，竟是鬖髿中年且挨過辛酸了，其間足足花了廿載光陰，多少寶貴的寫作歲月虛度了。那段人生逆旅，「路長人困蹇驢嘶」，荒廢了稿紙，疏遠了文思，寫作留白，一段空虛的白，而且健康堪憂。缺席文苑，不止內心疚責，更愧對余光中教授。第一篇稿，第一次寫專欄，都是他親自薦助的，我卻連功課也交不足，休提成績表了。

那時我常常思量：世上多了我一篇稿，少了我一篇稿，又有甚麼分別？寫作的意義究竟何在？迷迷茫茫，良久不能醒悟，「霧失樓臺，月迷津渡」，因失落而惶恐，因困惑而踟躕，因體弱而倦勤，有好幾年甚至完全輟筆。到了一九九三年初訪巴黎，住在塞納河左岸，常

在河畔樹影徘徊，墨綠色窄長的書箱鱗次櫛比，低頭看去滿滿的全是書，舉頭望去密密的全是畫，醇醪醺醺一樣的文化氣息令我醺然若醉，興奮得難以形容之際，忽然間，電光火石般閃起一個念頭，激起一股衝動——我很想寫作。客居古宅，庭院深深，幾乎一踏進房間就馬上提筆。燃點動力，重新寫作，就在奇妙的刹那。

「學如逆水行舟，不進則退」，再次提筆，覺察到文筆澀滯，我頗為吃驚，方領悟到無心兼懶散，足以令最擅長的能力也消磨，日久甚或變成生鏽的刀鋒。捕捉靈感、結構謀篇、信筆落墨等，都要數倍磨練，幸而始終回到書桌。後來文章積累多了，便興起出書之念，感動於《帝女花》一句唱詞而把書名為《灑淚暗牽袍》。沒想到當時《明報》世紀版主編馬家輝博士看了新書，給我一通電話，邀我多投稿，難得的發表機會來得突然而奇妙。沒多久出版社通知《灑淚暗牽袍》得了中文文學雙年獎推薦獎，出乎意料地獲獎，命運奇妙地為我開路。

寫作有點起色，奇妙是其他方面都同步地擺脫了多年困頓。一些早年的學生跟我失去聯絡，她們回憶裏的 Miss Wong 總是病弱而強撐，那麼多年下落不明了，心裏不止擔憂，甚至臆想我已不在人間，竟而傷逝起來。

後來無意中聽聞我的消息，終於重逢，驚喜於我體重恢復正常，不再是七十多磅了。唉，盈虛乃至生死，都不在人的預料中，而是冥冥中自有主宰。

再後來啓思出版社劉偉成編輯從我的散文集選了文章，作中學中文科課本範文，其他出版社接着也採用了。以前奮筆於稿紙，今朝漢語拼音於電腦屏幕，寫作、投稿、發表園地都進入現代化，世界在變，永不變易者，是陶淵明「力耕不吾欺」的信念。「紅樓夢獎」贊助人張大朋先生說：「只要用心在那條路走，運氣自然向你走來」，原來那麼真確。

從第一本到第七本，由《灑淚暗牽袍》出發，到這本《玉墜》，又走了二十年。風一程，雨一程，早已踏過了「為賦新詞強說愁」的青春少艾，差點就步入「欲說還休」的暮色蒼然，至於魯迅〈在酒樓上〉的落寞情懷，到了後中年始領略到。這兩三年，香港時勢與舉世疫情，令人既憂又驚，落寞之感尤其濃烈。

歲月是一江春水，一去不回，我只想把握一瞬，及時掬起江水，把倒影融在個人檔案裏。我個人的檔案裏，並無甚麼足可自矜的成就，只有七本薄薄的散文，倒影歷歷，漾着人間深情。

人誰不老？只有繆思不老。我之所以寫作，跟人家

唱歌跳舞一樣，不為甚麼，只為了喜歡，正如我喜歡回眸前事，不能自已。

二〇二一年三月

目錄

髫齡話當年

萍蹤寄異地

談文且説藝

王隆

落日故人情

玉墜

那個晚上，我家的燈火份外通明，只因為大哥會把女朋友帶回來吃飯。

那房子在深水埗唐樓，先天沒有很大的私隱，不止板間房容易傳聲，在走廊、廚房說話，話音都易於外揚。廚房之外是後門，後門常開，隔籬鄰舍可以穿梭往來，互通有無。更何況，母親事前聲張其事，大大的嗓門沒有遮攔，於是同屋的師奶，鄰舍的老婆婆，都藉故在某一個角落等候，只等候門鈴一響，全屋的眼神就會立刻聚焦。

那女子很年輕，只得十八歲，濃眉大眼，天生鬈髮，穿了一件深藍色學生褸。她已經在社會工作好幾年了，與大哥是工廠同事，竟然在初見未來翁姑的場合，不施鉛黛，反而以最不講究剪裁、最不起眼的學生褸出

場，那份樸素，叫人訝異。然而，樸素始終是美德，低調更讓人接受。一眾師奶對她的評價不錯，覺得她是沉穩踏實那一類。大家知道她是長女，下面有四個弟妹，似乎更放心一些。

情人「拍拖」，誰願讓人夾在裏頭做「電燈膽」？又有誰如此「唔通氣」，妨礙人家談情？可是有一次旅行，我居然跟着去，因為她也帶了妹妹同行。元朗南生圍便成為水光瀲灩的一段情路。那木頭搭建的渡頭，似是唐詩宋詞裏的風景；排成直線的白千層，似是預言了平坦前路。這女子很快就融入了我們的社交圈。有一家人曾是同屋，後來搬到了新落成的彩虹邨，彼此情誼深厚。那位師奶懂得裁剪，替她縫製了一件褐色格子呢絨中褸，之後沒見她穿學生褸了。

一年多後便着手籌備婚事，母親跟我說，實在買不起一雙龍鳳鐲子給媳婦，只能買一條金鏈，可是這樣實在太單薄了，所以徵求我同意，問我能否把脖子上佩戴着的玉墜拿出來，扣在金鏈上，這樣份量會加重，也不至於太寒傖。那玉墜好像是數年前用幾十塊錢買回來的，那時對首飾毫無認識，以為包真金才名貴，殊不知真金太軟，用二十四K金來鑲反而理想。幸而原本玉色偏白的玉墜，沾了人氣，吸收了人的體溫，漸漸就翠潤

了。玉色不經化學作用，居然會色澤改變。改變是緩緩漸進的，叫人不察覺，待留神一看，方驚覺自己與玉已開展了一段緣份。玉墜沒有在我上體操課時弄丟，也沒有在治安不靖之下遭搶走，反而透出翠色，溫潤可喜。我把玉墜解下，心裏想：這是一份來歷不為人知的結婚禮物。

唉！貧賤之家百事哀，辦喜事本來是喜氣洋洋的，卻因酒席、禮餅、禮金種種問題而煩憂。婚宴過後還聽見親戚批評酒微菜薄，與其這樣張羅擺酒，不如不擺了。這種毫不客氣的刻薄語調，聽了難受。不過，對新娘子倒是印象良好，聽不見半句譏誚。

婚宴上，大嫂拿着一束大紅色的劍蘭，頭上、襟上都戴了絲絨造的大紅花。在大紅背景襯托下，與親友拍照，明艷照人。當時還是黑白相片，尚未進入彩色時代。

這玉墜，她只在出嫁裙褂之上，喜宴酒席之間，戴了這麼一次，就再不見她佩戴了。原因當然不敢問，也許她不喜歡玉墜；也許玉器在身，是否感到溫暖寧靜是因人而異的；也許過於珍重，怕一旦遺失而收藏了；也許玉墜盪來盪去的特性，並不配合她的性格。她動作極其麻利，以我見過的人來　，是數一數二的，而且行事爽快，有決斷，戴了覺得拘礙的首飾大概不合用。

她生第一胎是女嬰。我母親重男輕女，有親戚好事，在旁說不過生女而已，毋須劏雞還神，母親就聽從了，這令大嫂不快。第二胎是男的，重十磅，生產時流了許多血。

身為長嫂，又因早婚，嫁入夫門的日子很長，對夫家的一切頗能投入。對於種種人際微妙，完全明白，所以不止一次跟我說：「奶奶心裏永遠是向着二叔的。」看得通透，說得精確，也因為如此，態度便漸漸冷淡了。

結婚約十年後，發覺每次回夫家吃飯後，面龐手腳常常發腫。母親慣了手勢，下鹽很重，餸菜甚鹹，可是其他人怎麼沒事呢？這才驗出她有蛋白尿，在深水埗私家醫生求診。那醫生生意好得不得了，他一心把病人留着，竟然不轉介專科醫生。過了兩三年，未見好轉，我表姐在養和醫院當護士，在她介紹下才轉到腎臟專科醫生去，可惜病情已經不輕了。後來每星期要到養和洗腎兩次，還要禁水。她在洗腎之後，反應欠佳，雙腿會抽筋。那時他們不止脫貧，甚至稱得上生活優裕了，奈何病痛纏身。

一九八九年，紙紮鋪掛起五彩繽紛的中秋燈籠之時，她入住醫院，白天由我母親照顧。她嘴裏長了痱滋，母親餵飯時，避開患處，讓她吞嚥時不致痛楚，這

一個月是婆媳關係最親密的一段日子。還差兩星期便是她四十歲生日，還差幾天便是重陽了，她卻撒手人間。女兒十八歲，兒子十五歲，都在加拿大升學，趕不及送終。我立在深切治療部病房裏，訝異於自己第一次送終，竟然是送比自己大不了多少的大嫂。

父親是心臟病病人，怎把噩耗告知呢？終於以大嫂已經離病去苦這論點跟他說。他聽了，輕輕說一句：「大嫂待我好。」便返回房間，挨在床上靠背，默默流淚，淚水不知流了多久。

幾度中秋，幾度重陽，一晃眼已是二十八年了。大哥在妻子去世二十八年後才續絃。

那麼，當年玉墜，如今安在？也許在保險箱的角落吧。人的聚散，難於逆料，更何況是一顆小小的玉墜呢。玉墜一點也不珍貴，可珍貴者，是在兵馬倥傯的人生路上，曾經有緣相聚，又能夠彼此關顧而已。

二十八年後，在牛肉燒烤店裏頭，伴着兩個小男孩，一個十三，一個十一，活潑伶俐，並非濃眉大眼，天生鬈髮，卻是大嫂的外孫和孫子。煙氣自爐火中飄來，穿藍色學生褸的身影髣髴自歲月那頭飄來，白霧瀰漫，煙氣氤氳，一個不為意，會令人淚眼模糊。我把冒着煙氣的烤肉，送到孩子的碟子去。

舊衣裳

今時天氣舊時衣。去年年底，寒意襲來，取出大衣，穿上身，方發現袖子上的線步爆開。忙脫下來，就着冬天太陽入戶的光線，看個詳細。原來領子衣袖這些最要緊的地方，已經多處脫線，這件大衣真是「甩皮甩骨」了。當年電動衣車高速呼嘯，線轆車針一齊起動，直衝而過，留下的痕跡，依依稀稀。線步倒也細密，奈何年深月久了，一針一線，紛紛鬆脫，直線裂開，露出衣裡。

這才教我省起，這件大衣已陪我走過半生，且在最苦寒的歲月，為我抵擋風刀霜劍。急步時，風起時，衣襬輕輕飄起，如回應北風的怒號⋯⋯

八十年代，我剛踏足社會，連足以禦寒又似樣點的大衣都沒有。有同事是上海人，家裏經營名貴呢絨，料

子都是舶來貨，不是英國絨，就是意大利絨。我知道後十分雀躍，窮學生初出茅廬，何曾穿過綺羅？於是和同事一起買呢絨去。店鋪是樓上鋪，在尖沙咀金巴利道商業大廈內。店鋪裏頭，洋洋大觀，簡直是小貨倉。呢絨一匹一匹，疊着疊着，每一匹呢絨都以溫柔的姿態來迎接寒冬。難得是不論厚薄，質料同樣細緻幼滑，用手觸摸，只覺柔軟溫暖；穿上之後，不知多暖和呢。聽說織法極之結實，穿上多年，依舊如新。

這盤呢絨生意，成立的年份比新中國還要久遠。那時上海非常時髦，富貴階層衣香鬢影。是周潤發、趙雅芝《上海灘》年代？是大亨杜月笙天下？總之，後來日子難料。家族的產業不得不捨棄，一家好不容易從上海搬來香港，生意慢慢重整。從上海而香港，其中經歷無數，那是香江歲月的一個故事。

我們稱老闆為世伯，他是好好先生，聘請了上海老先生管賬、廣東中年掌雜務。那廣東人，老實憨厚，我們挑了甚麼，他馬上把布匹搬到長桌。摺得筆挺整齊的呢絨徐徐地、軟軟地瀉下來，華麗如夢。他更把顏色相近，產地不同的搬來，讓我們再三琢磨。布匹對摺，幅度是英國制，以吋為單位。如此講究的呢絨，一定來自機械優良的織布機、來自嚴格高明的生產技術。夥計動

剪刀的手勢，既純熟麻利，又小心翼翼，更有意地多剪幾吋。剪下來的呢絨，用厚身雞皮紙包好，沒有花紙，沒有膠袋，一派務實作風。我們各抱着大包小包離開，那感覺好像自己往老上海跑了一趟，在舊式殷實的老鋪裏，消磨了大半天一般。

樓上鋪已經帶着神祕了，老鋪又瀰漫老上海格調，優質的呢絨如寶藏呈現眼前，這段經驗頗為獨特。其實老上海種種，只是傳聞，我當時根本未到過上海。我是廣東人，生於長於香港，與上海的接觸，可能僅限於吃一碗上海粗湯麵，所以有意無意地，我用一雙陌生人的眼睛，仔細觀察這呢絨店。連翻起呢絨時，塵埃在燈光下揚起，也悄悄留神。聽到上海腔調的廣東話，也默默記着口音。難怪幾十年後，記憶依然歷歷眼前。

還有，我本來只知道有所謂茄士咩，聽過講解，看過樣板小冊子，摸過小塊小塊布料，才認識到較為薄身的鴨巴甸布，這種布料最宜在已涼天氣未寒時穿著。

世伯人很大方，加上愛屋及烏，對我們十分親切。布料零頭一律不計錢。有塊一碼多的碎料，見一個同事喜歡，立刻相贈。

點點滴滴，回想聯翩，就是這破大衣的源起。冬陽消失於窗外，天色帶點灰。此刻，得有個決定。所謂

「人不如故，衣不如新」，衣櫥多年來亦已累積了好些大衣，把大衣修補挺費錢的⋯⋯不過，這呢絨大衣陪我走過半生，牽絆了人情舊事，而且布料仍然結實，歐陸款式⋯⋯把大衣摺疊，放進大膠袋，送往改衣服的小工場去吧。修補後，衣襬仍會輕輕飄起，如回應北風，如訴說平生。

一盤一碟皆是愛

這頓晚餐，大概相當清簡——在赴約之前，我心裏這樣想。此行不是為吃而往，吃甚麼又何足道哉？然則，又因何而至呢？說來話長了。

那時我初出茅廬，戰戰兢兢，幸而學生乖巧，班長給我幫忙尤多。後來這班長參加了「瑪利亞之城」的「普世博愛運動」，受了感召，決志加入成為平信徒，即是在俗修女。所謂在俗，是要自食其力，像紅塵中人一樣，在社會謀生。起首幾年，她在意大利一邊學習傳教，一邊車衣為生。這十多年調回香港，文職為業，神職是培育小孩子。

人生相見，未若參商。偶爾相聚，總在話舊。我對博愛運動之認識，則來自他們出版的書籍。日前我和她的同窗一行七人去探望，恰有夕陽斜照，是「落日故人

情」哩。這中心位於旺角亞皆老街一幢舊樓，實用面積有一千呎左右。臨窗之處有小聖堂，聖母銅像後面，掛了孟郊的〈遊子吟〉，筆墨行間，暖意瀰漫。

來迎迓者共五人，四個是中國人，一個是說地道廣東話的中葡混血兒。她跟我說：「Miss Wong，今天才見到你，其實幾年前已知道你了。你送給我們的皮包，我取了一個，一直用到現在。它是真皮造的，皮質很柔軟，真感謝你。」「是哪一個？我想看看。」原來是黑色斜揹袋。不過是舊皮包而已，竟然這麼感恩，又這麼珍惜，我一時間感觸起來。

剛坐下，她們先奉上葡式小食，是薯蓉加上馬介休，搓成橢圓，一個個給烤得金黃，入口酥香。長餐桌上已鋪上桌布，雖然是膠質的，然而白底藍花，素淨大方，餐具同一色系，淡雅素潔。到底是意大利修會，餐桌擺設很有歐陸風味。這頓晚餐，不是吃腸仔雞翼，竟然是葡國菜。葡菜散發異國情調，飄着香，曳着煙，一盤一碟，把長桌都擺滿了。啊！我看得眼也傻了，為了接待故人，她們花上了兩天時間來預備。「故人具雞黍，邀我至田家」，這兒窗外車水馬龍，不是「綠樹村邊合，青山郭外斜」，可是詩意彷彿，情味依稀。

我並不精通飲食，倒也看得出食材並非名貴，然而

手工精細。菜式雖是家常,種類卻多樣,味道尤其可口。唉!為我們擺下宴席者,衣著非常樸素,生活至為節儉,堅守神貧。杯盤之間,隱隱然沁着一種超乎世俗、出於宗教的情感。

那一端的聖母像,慈容含笑。

席上話題,既談她們的組織,更談俗務。這中心本在坑口村屋,奈何交通不便,女教友多嫌路遠,所以決定搬到市區。而選址條件有三:一是近聖堂,二是面積大,三是舟楫便。旺角這地段最為理想,但是,在香港置業,真是談何容易?村屋難於脫手,更何況村屋旁邊,竟盤踞了一座大大的山墳,這風水格局,中國人最忌諱的了。苦候多時,終於有洋人購入。

但是變賣村屋所得,又怎能買得起市區樓?此際,奇妙的助力一一出現。一位辭世的教友,指定把遺產相贈。其他教友見款項仍然不足,或捐幾百,或出數千,拼湊起來,再加上總部貸款,好不容易,卻又一再過關,結果在二〇〇九年買入這會址。

環顧四壁,室內裝修,多半是上一手業主所做,平實不俗,否則裝修費也難於負擔。這經歷,在困難中有希望,在無助時忽有轉機,過程裏充滿恩典。

那一端的聖母像,寸草春暉。

飯後甜品是意大利蛋糕 Tiramisu，有位今晚沒來的成員，是意大利人，以拿手好戲奉客。她立志去羅馬朝聖，為儲盤纏，常做甜品出售。自己辛苦於竈頭，客人甜滑於舌尖，朝聖之路因而更富意義。

自奉以儉，待人以厚，是何等心胸，何等境界。一頓以心招待的住家盛宴，裏面蘊含了多少世俗難於理解的愛。我咳嗽未癒，戒口甚嚴，怎敢吃甜品？然而，自從那回探訪後，甜的滋味，常在心頭。

一方手帕

　　手帕，早已不流行了。然而文學作品的抽屜裏，依然收藏了一方方情意綿綿的手帕——寶玉贈帕，黛玉題詩，把木石前盟寫滿帕上。

　　我的抽屜角落裏也有幾塊手帕，保存完好，摺疊起來也不礙着地方，便一直珍藏。其中一塊輕輕的小小的，翻開來卻翻出一片童真爛漫。

　　帕是粉紅色的，很嬌滴滴，又給人很小女孩的感覺。那的確是小女孩的心意，然而又有甚麼特別呢？呀，若是純粹用錢買來贈我，意義沒那麼深，情意沒那麼濃，只是輕輕的小小的，像一口士多啤梨雪糕，甜一甜就消失了。可是，那帕上是繡了字的，手繡，彷彿留下指頭的溫度，字體是英文美術字，上款繡了「Dear Miss Wong」下款是「1C」。多年前學生的敬贈，讓我

一拿起手帕，猶覺觸手柔暖，不忍放下。

那是我做中一級Ｃ班主任時，全班學生送給我的聖誕禮物，為了預備禮物，她們怎樣商議？如何定案？小女孩聲音嬌嫩，妳一言她一語，過程大概熱鬧一番。

把手帕翻轉，見針步細密，工整均勻，似乎並不是集體勞作，而是由一同人所繡。當年家政科分為二類，一學期學烹飪，一學期學針黹。誰的女紅了得呢？同學之間應該瞭然，這中間又有推選、謙讓、承諾。

她們先挑選手帕，然後加工，再而相贈，一連串動作，準時在聖誕鐘聲下完成，反映出了升中不久的女生，已經具備策畫力、執行力。最難得是懂得敬愛師長，懂得很具體把愛流露，於是製作成一份情味悠遠的禮物來。

哪個小女孩纖手拿針，密密然繡花呢？唉，我真糊塗，竟就忘了。如今只能憑想像，心靈手巧的女生，先參考美術字造型，把要繡的字樣畫了底稿，定了大小，掌握比例。然後找來竹弓，一外一內，兩個竹圈牢牢固定了手帕，再一針一線繡在紅羅帕上。燈下曾留下小女孩溫柔的神情，低頭凝神，穿針換線，一根針穿來插往，而心意也永恆地繡下來。

這份禮物，溫柔得足以把我整個人融化。

那堪再唱〈紅豆詞〉

「我是女高音，唱花腔。花腔唱到最高之處，可以震碎玻璃。」眼前這位新來的音樂 Miss，在第一課這樣自我介紹。震碎玻璃！哇，真聽得我們傻了。電影《仙樂飄飄處處聞》裏茱莉安德絲的歌聲，從如茵芳草揚起，再響徹山崗，音符隨風飄揚，漫山遍野都愉快起來。那清亮的高音，已教我們神往了，怎麼音波的功力足以震碎玻璃呢？這實在太厲害了。這位年輕 Miss，皮膚白皙，一頭烏髮紮了馬尾；她挺嬌小的，竟有震碎玻璃的本事。

音樂室位於地窖，外面是飯堂，圍牆之外是火車鐵軌，既多蚊子，又多噪音，有時是工友把杯盤弄得砰砰響，更甚是火車一節一節轟隆而過，此時不免分神，抬頭望向窗外，看不到火車修長的全貌，只見輪子在軌上

鏗鏗然飛馳，有時客車和貨車相繼挾巨響而至。Miss對
這環境好像很不滿意，總是蹦着臉。她彈琴時指頭起落
的姿勢相當好看，眼睛專注於樂譜，甚少轉過頭來看我
們，師生眼神接觸不多。音樂課每周僅得一節，她教了
甚麼我都忘記了，只記得她示範演唱了一些中國藝術歌
曲和一兩首意大利歌。至於花腔是否特別動聽呢，同學
難免私底下品評，懂音樂又唱得好的會勇於大抒己見，
我實在五音不辨，只有聽的份兒。

終於上學期考試到了，要唱〈紅豆詞〉，作詞是曹
雪芹，曲詞幽怨深情，教人動容，當時還沒讀過《紅
樓夢》，自然不知是賈寶玉所唱。考試次序依學號，學
號則按英文字母，我姓黃（WONG），排得後，這最好
不過了，趁還未輪到我便低聲輕唱，準備應試。待到
我了，怎料只唱了第一句「滴不盡」，Miss停下來，不
彈下去，說不是這樣唱，還把這三個字唱一遍。然後
琴聲復起，我再唱，哪料到Miss把臉一側，瞪着我大
罵：「怎麼又錯呢？我剛才不是唱了給你聽嗎？是滴不
盡呀──，不是滴呀──不盡。」聲音非常尖厲，我嚇
得抖了，琴聲復再響起，我勉強唱下去，不知唱成甚麼
樣子。

轉身返回座位，見同學都抬起頭來望住我，神色關

切。音樂室裏頭蕩漾着花腔的音色，來回激蕩，拔高拔高再拔高，震得我耳膜發痛。

那次考試令Miss那麼不滿者，僅得我一人，真是「絕代無雙」。

那台黑色高身左右有腳的鋼琴前，每年都留下新Miss的側影，音樂老師更換得特別頻密。我倒不在意，反正音樂於我，從來隔閡。上音樂課時，我習慣低着頭，看自己看不懂的五線譜，看美麗的音符高高低低，疏疏密密，跳躍飛舞，而腦海完全空白。這時段，我的眼神一定是茫然了，像立在鋼琴前考唱歌一樣。至於唱歌，那堪再提，休說興趣了。〈紅豆詞〉當然好聽，但肯定不是由我來唱。我是不會唱的小鳥，躲在樹蔭深處。

隔了許多年後，見一位學聲樂的同事忽然興起，模仿音樂老師上課情景，原來是立着彈琴，竟然可以不看曲譜，頭卻轉過來，望着學生，一邊教唱，一邊從頭到腳和着音韻輕輕擺動，聲情充滿感染力。我呆了一呆，原來教音樂時，神情可以如此快活如此陶醉，這姿勢，這流露熱愛音樂又愛學生的身體語言，怎麼自己從未見過呢？

「禮樂射御書數」乃孔門六藝，音樂教育居第二，

可見的確重要。孔子是怎樣教學生音樂呢？「詩三百，孔子皆弦歌之。」那麼他很可能是一面撫琴，一面教唱了。孔子會不會要求七十二弟子考音樂試呢？他會給弟子「肥佬」嗎？大概不會吧，樂者，樂也，快快樂樂，引吭高歌吧。

香港一般中小學都不會給術科打分數，只列 ABCD 等級而已，以免得影響名次，甚至是升留班，箇中自有道理。然而既有等級，就必有考試；至於考試意義何在？不免要探索一下。答案委實太多了，可以發掘人才，為合唱團補充新血，可以指點唱法，可以糾正運腔換氣，更可以把高中低音分類而發揮合唱的理想效果等等。

聽說近代西方音樂教育理念主張「人生而能唱」，唱歌是人類的本能，且看非洲，人人都愛唱歌，愛唱就是唱歌的第一步，讓孩子盡情而愉快、自然而勇敢地唱，唱多了，自然有進步。至於學唱歌，更應該從小就學，年紀越小越理想，因為孩子更容易運用腹式呼吸，所謂氣出丹田。為學生而言，有機會立在由鋼琴前面，讓精緻高雅的琴音繚繞，又有專業高手伴奏，恍如變成室樂的演唱家。人生有這麼高貴一刻，這麼聚焦的剎那，何等難得。為老師而言，能與學生近距離相對，聽

聽稚嫩得還不懂得造作的歌聲。聽到出谷黃鶯自然欣慰，聞得荒腔走板亦不妨笑對，總之讓學生克服東方人怯於當衆高歌的害羞，讓學生懂用唱歌來表達感情，讓音樂氛圍融入心靈，讓音樂的美善來潛移默化，讓音樂縮短人與人的距離。

　　那麼，師生琴音交會，一彈一唱，哪管是一闋短短清歌，也足以把愉快音符印在學生的個人檔案裏，終其一生都悠揚相伴，在寂寞，在荒涼，依然聽得清楚，聽了猶覺溫暖啊。

鄰家飄來的故事

　　我幼時，慣稱已婚女士為「師奶」，這是當年社會流行的稱謂。不止小孩這樣稱呼婦人，就是菜市場的小販，也把挽着菜籃的主婦稱為師奶，婦人之間亦以師奶互稱。師奶的年紀不會太大，這稱謂，帶着濃厚的草根氣息，質樸而親切。然而並非所有婦人都是師奶，若是富貴人家，有白衣黑褲梳辮的「馬姐」跟着的，人家會稱為太太。

　　我童年閱歷少，局限於深水埗那老家，師奶稱謂，常掛唇邊。只有一位，在我家走廊初次相遇，小小的我竟不假思索就叫她：「鍾太」。鍾太笑笑說：「一定是黃師奶的女兒了。」聲線很輕，有氣若游絲之感，然而聲音薄而不尖，語氣自然。她整個形象跟聽聞相當脗合。

　　唐樓一屋六七伙，鄰里之間，雞犬相聞，常常走動

的親朋戚友，無不認識，甚至也結為朋友。鍾太是鄰居師奶的妯娌，丈夫任銀行經理，家住跑馬地山光道，比鄰養和醫院。親友大多住附近，港島是遙遠的，跑馬地這豪門富戶聚居的地方便更遙遠了。鍾太雖然未至於有傭人相隨左右，可是衣著光鮮，質料和裁剪上乘，一眼就看出是名貴衣物。師奶多穿唐裝衫褲，那天她穿上棗紅色呢絨套裝，脖子給色調相襯的絲巾圍着。天氣暖和，她衣服穿得特別厚，顯得很重視保暖。師奶常說這妯娌高不及五呎，僅得六十多磅！市面成衣都不合穿，四季衣裳唯有交裁縫來做……

由於聽聞已久，又說得具體，見眼前人珊珊瘦骨若此，不覺奇怪，卻也禁不住端詳，而且懂得伶俐地稱之為太太。缺乏肌肉的人，難免削薄，然而她神氣平和，舉止斯文，倒給我好感。她起碼不是氣焰囂張的闊太太，雖然甚少造訪，應該不是嫌棄地方湫溢吧，唐樓要上落樓梯，她一路喘氣，要歇歇停停好幾回才上到六樓，近親而疏於往還，弱質不勝而已，不是勢利，這點日後得到證明。

妯娌這人際關係，先天不討好，師奶提起妯娌，總是說：「兒子也讀中學了，還人前人後主動跟老公親熱……疑神疑鬼，一天到晚要緝私，調查老公行蹤，打電

話問老公的朋友，是不是真的捉棋……」。這論述聽了好幾年，終於聽到：「大伯從前真的沒有走私，給老婆追蹤得太緊，終於弄假成真。那女人竟然是她的朋友，守寡幾年了，人家手頭也有錢的……大家攤牌了，那女人說：『妳繼續做妳的鍾太，我不會取代妳的地位，我安守本份，彼此名份不變。』」

同性朋友，一個不察，最容易化為情敵。這套宣言，錚錚有聲，對方把這番話說得理直氣壯，絕無半分赧色，居然把奪愛說成謙讓了。六十多磅的弱軀，菟絲子依傍的性格，何堪酸風醋雨？結果她住進離家很近的養和醫院，接着幾年一直進出醫院，最後含恨而終。

雖然早有心理準備，噩耗傳來，師奶也哀嘆幾聲道：「其實伯娘人不錯的，不然也不會讓我女兒在她家住幾年。」她女兒考進跑馬地天主教名校，鍾太讓侄女來住，免舟車之勞，這樣照顧侄女，也很難得。不過四十出頭，紅顏未老恩先盡，珊珊瘦骨歸墓塚。人間富貴、友叛情變、纏身病痛，一一享過、恨過、捱過，滄桑之後的語調，仍會溫和如我當年所聽嗎？

說着說着，話題一轉，就轉到遺產這問題了。人走了，萬事皆空，唯獨金錢轇輵，千絲萬縷，必然激起漩渦，捲進去，又會激起更多怨恨。原來自住及投資的房

子共有兩層，都在跑馬地，只寫自己一人名字，且立了遺囑，所有遺產歸獨生子。師奶們聽了，無不讚好。

不過一兩面之緣而已，卻偶爾想起她，例如我學會了一個醫學術語——身高體重指數BMI（Body Mass Index），那穿呢絨套裝的瘦影立刻飄到眼前。指數嚴重地低，兼逢打擊，更能消幾番風雨，臨終時體重跌到多少呢？悲恨幽咽飄來。

又過了好幾年，那男人再婚，並非娶先前情人，而是離了婚教跳社交舞的⋯⋯我聽了怔了半晌，弱質得連上樓梯也不勝的女人，其地位其寶座，竟然落在跳社交舞的，那落差真有千尺。我從未見過這新夫人，可以想像：她身材健美，體態輕盈，舞姿妙曼。一邊數着拍子，一邊帶着學生起舞，一室氣氛都給她帶得春意瀰漫。可以想像：她擁抱着丈夫，哼着樂曲，興起就跳一首狐步，想再興奮刺激一些，就跳一隻探戈⋯⋯

人生也是一場舞蹈，會經常changing partner。深水埗那幢老舊唐樓，建材欠佳，相當殘破，竟也在風雨下撐了幾十年，奇怪仍然未拆，難道無人收購？當時住客已全部搬走，有些甚至身故了。訪客哩，都飄遠了。我母親和師奶幸而健在，都九十了。上周師奶壽辰，我欣然拜壽，席設土瓜灣。席上，changing partner這遊

戲旋轉起來，把我童年玩伴——師奶的幾個女兒，轉到眼前，幾十年前的景象浮起來。走廊初次相遇，棗紅色呢絨套裝，我不假思索就叫她：「鍾太」……

「我還清楚記得你們的伯母。」正因為舊時相識，感情總帶着歷史的厚實，說起故人，滔滔不絕且不厭其詳，故事又再從鄰家飄來。

新夫人帶着丈夫移民澳洲，她跟前夫所生的女兒，連後父也申請了。他們過了二三十年恩愛生活，誰料到晚年愛情起了波瀾。人老了，會變的。男人忽然很疼愛前妻所生的兒子，要把半份物業和現金，悉贈兒子。理由是移民時賣掉房子，所得分了一半給後妻，餘下的錢以夫妻名義海外置業自住，後妻已擁有七成半財產，難道把遺產全送給後妻的女兒嗎？說得振振有辭。到底血肉之親，萬里關山都阻不住。新夫人認為自己照顧丈夫，不遺餘力，怎能連自住的房子也要分一半？豈非要她花大筆錢向繼子贖樓……

兒子當年眼看父親另結新歡，母親含恨，霍小玉式地離世。他怎樣看待父子之情？人世怨恨，或會給歲月磨洗，終於兒子飛赴澳洲，陪伴父親兩個月，翌年父親去世，他領取了遺產。

酒菜一道一道送上，燈影觥籌，故事重要情節明白

了。這男人的兩位妻子都滿腔怨憤，鍾太不見得全輸，後妻以為全勝卻呈敗象。人生一場，勝負難分。愛情、親情、金錢，實實在在穿插其中，牽絆着，纏繞着，顧此失彼，輕重之間，取捨之決，甚麼是對？甚麼是錯？

陳耀南教授二三事

有些人物，跟自己交情不深，甚至晤面數次而已，然而偶然想起，猶覺暖陽在頰。

八十年代我剛剛畢業，任教於尖沙咀一間名校。初出茅廬，要負責校內朗誦比賽，這活動算是大型，全校從中一到中七共三十六班都參加。記得朋友說過陳耀南教授熱心推動中國文化，經常演講，弘揚孔孟，還義不容辭，為朗誦、徵文、對聯、古典詩詞創作等比賽當評判，只要能幫忙，就一定幫忙。憑着一張薄薄的信箋，邀請擔任評判信盈盈地寄往香港大學，那時他是中文系講師，大概三四天後已經收到俯允的回音。信件一往一還，起碼要三四天，即是說他一收到信，就毫不猶豫，立刻作覆，真是快人快事。古人所謂「君子一言，快馬一鞭」，書生俠氣，庶幾近矣。他來擔任評判，純屬義

務，連車馬費也沒有，僅由校長致以錦旗一面而已，不過有心為華夏文化撒種的，風塵僕僕，不計較不言倦。

比賽當天他踐約驅車提早到達，原來他長得高，聲線清揚，思路和語速都快，態度果然溫厚可親，說以前跟我一樣在中學教中文，就在英華書院教書，做副校長。比賽高潮是評判登台，評論整體表現，提點何處有待改進，然後宣佈賽果。評判言談風趣，學問淵博，帶出朗誦關鍵。高手亮相，功架不凡，當然滿堂掌聲。當時我心裏想，請他來一趟雖則辛苦，然而讓一千個中學生能見識學人風采，始終是值得的。數天後收到對聯的資料，又是喜出望外，他是大忙人，卻依然想起跟我談話的內容，要把學問的火把傳送。

過了數月，收到陳教授來電，問我有沒有興趣編書，因為一家出版社想出版給中學生閱讀的文學讀物。唉，我不過是微末角色而已，何德何能呢？前輩厚愛，本來不應推辭，可是編輯工作非我所長，他聽了便說：「不要緊的，人各有志。」有甚麼好機會，他總是想幫助想關顧，最後又一點也不怪我不識抬舉，一派仁者風範。其實他桃李滿門，而我與他雖同是崇基中文人，但到底只得一面之緣，卻把機會交給我，可見「用人唯親」的觀念並不存在於他的思想裏。

後來我轉到官立中學教書，教預科班中國文化，其中一張考卷要考實用文，他著作的《應用文概說》，成為我堅實的後盾。每次教某一文體前，我都把《應用文概說》所教的格式看熟記緊，然後粉筆灰從容而自信地蕭蕭落下。指南一本，精準可靠，又可以完全信賴，真是難能可貴。有時為了私務而寫公函，也必定參照這本工具書，以「一書在手，終生受用」來形容，毫不誇張。當時年輕，順手取用，以為一切都是理所當然的，如今想來，倍覺感動，自己其實領受了前賢的心血，分霑了中華文化。

第二次跟他相聚已在數年後，座中有余光中教授和師母范我存女士，他很敬重余教授的才華和品格，相交有年了。現代詩人遇上古文學者，清風朗月相逢，惺惺相惜，可謂文壇美事，學苑雅聞。余教授在一九八五年離開香港回台灣，每年總會因演講、評判等工作來港，席上陳教授說：「余教授，光中這名字改得好。」余教授應道：「耀南這名字也改得不錯呀。」「耀南——山頭主義，比不上光中啊。」眾人大笑。這段話精警詼諧，真可以寫入《世說新語》。其實「光中」與「耀南」，都以弘揚中國文化為一生志業，同樣不吝心力，以「光」照「耀」莘莘學子，「光」「耀」士林，垂之丹青。

可惜那天沒拍照，若留下相片，回憶會更充實。二〇一七年余教授去世，文星隕落，知音更稀，移民澳洲悉尼的陳教授想也很難過吧。

二〇二〇年四月香港歌手許冠傑為抗疫打氣，舉辦全球直播音樂會，我特意通知余師母，請她收看同樂，還告訴她許冠傑是陳教授英華書院的學生。許冠傑說：「我很喜歡上陳耀南老師的課，我很崇拜他……我也沒想過自己可以考入大學。」結果歌手憑中文一科摘 A，抱着結他，哼着成名作〈Just A Little〉，就從英華跨進香港大學。原來當年高考中國文學全港共三十一人獲 A，英華奪了九席，許冠傑是其一；英華中國文學科在他任教期間一直保持這成績。

「沒有陳耀南老師，就不會有許冠傑的歌詞。」學習歷程、人生履歷、歌詞文采，都因恩師引導而豐富了。受盡萬千崇拜的許冠傑，心底裏卻一直崇拜着自己的國文老師。比結他更清的清音，高山流水，琤琤琮琮，迴蕩於香港教育史裏。

師母說：「我倒不知道耀南曾在英華書院做副校長哩。他移民澳洲後依然常常給余先生寫信，只是後來大家都老了，動筆難，書信才漸漸停下來。余先生把他的書信都保存下來了。」故人情長，君子相重，雙方都絕

無半分門戶之見，有真材實料的才敢在江湖上與「另類」豪傑訂交。

英華書院創校二百年校慶紀念，不少校友回校，其中對陳老師尤其稱道。梁錦松會考失意，操場落淚，副校長出力相助，請校長給他留宿學校廚房，完成預科。許冠傑、梁錦松等英華子弟，在升大學的關鍵時刻，危急之秋，幸遇貫徹師道的良師，菁莪樂育，春風化雨，潤物無聲，也難怪幾十年之後仍不忘師恩。

我與陳教授沒聯絡許多年了，知道他晚年皈依耶穌，想他定能把儒家精神與基督教教義融而化之。志士仁人，篤志礪行，總是給人機會，給人幫忙，給人希望，所以偶然想起，猶覺暖陽在頰。

問渠哪得清如許

——阿濃先生

　　阿濃先生的品格文章，毋須贅言了。他移民溫哥華多年，我只能在《大公報》副刊「小公園」專欄讀其大作，欣賞世事洞明、人情練達的修養，在這麼遠那麼近的距離下，敬重一位良師兼作家，已屬幸事，沒想到有緣識荊。

　　數年前「小公園」由傅紅芬小姐擔任編輯，她知道我欣賞阿濃文章，恰巧他回港一遊，便設宴洗塵，也邀我共聚。人間美事常出自體貼，來自胸襟，得自緣份。三人品茗，輕鬆自在，也更加深了我對阿濃先生的敬愛。

　　阿濃先生是江浙人士，廣東話說得字正腔圓，到底是老香港了。他聲線抑揚有致，很懂得適當停頓，拿捏節奏，十分到家，聽來舒服，也容易入腦，這功力似易

實難。他在彼邦電台主講國學常識節目，很受歡迎，所以在公眾場合，經常一開腔，就有陌生人認出聲音，喜而驚呼：「啊！你是阿濃。」「粉絲」得識廬山真面，當然興奮，同時也反映出海外不少華人，依然對中華文化心存孺慕，希望在大氣聲波裏追隨良師學習。

說起傳媒，他說無綫電視的《成語動畫廊》是由他負責資料審閱的。呀，這節目在一九八七到八九年間播出，是非常成功的教育節目，借熊貓博士和機械人YY對答，帶出成語出處，輕鬆明快，很受中小學生歡迎。不少學校錄影下來給學生收看，當時掀起了學成語的熱潮，那年代的學生當記得。他說有回動畫師把天下第一關「山海關」從左寫起，用了英文寫法，殊不知中國古代，即使橫寫如牌匾，是右到左的，幸而給他發覺，立刻修改。節目連續數年播出，外界也挑不出甚麼毛病，工作儘管辛苦，也堪告慰。無綫前高層劉天賜曾撰文，特別提及《成語動畫廊》的資料由朱溥生審閱。一個人只要在崗位上用心，即使低調，旁人也一定觀察到的。那天他沒提起曾為《獅子山下》電視劇《天生我材》編劇，此劇撼動人心，屢獲國際殊榮，主角一是玻璃骨人，一是象人，兩人外形特殊，命運多舛。編與導皆不屑獵奇，故事很快就引領觀眾轉入畸零人內心的起伏，

苦命人努力奮鬥，只希望過平凡生活。

朱溥生是阿濃先生的真姓名，說起姓名，他又有話題。原來他曾經和葉特生先生在《大公報》合寫專欄，二人名字都有「生」字，專欄便名之為「生生不息」。專欄天天見報，的確需要生生不息的動力。文章篇篇寫得好，也需要生生不息的創作力。作品好，讀者群才會生生不息，這一代學生長大了，下一代接力閱讀下去。每年書展勵志讀物、兒童讀物中，放眼一看，阿濃作品總是琳琳琅琅──《點心集》、《濃情集》、《幸福窮日子》等都是長青的經典之作。

教育是他一生事業，曾在一間特殊學校教書，且任訓導主任。天哪，那學校專門接收一般中學無力管教的學生，只要班上有一個學生情緒常常失控，就已經棘手了，全校都是這類失落的孩子，真不知如何管而教之，輔而導之。他說校內每個先生都有諢名，學生背後稱他為「朱老大」，我們眼中溫文儒雅的謙謙君子，忽然變成黑道的江湖大哥。既然是老大，江湖中人都敬畏三分吧，他的江湖地位如何建立？倒沒有告訴我們，相信他一定有其祕訣的；是否先樹立威嚴，建立公信，又知道怎樣和這類學生溝通，不然，怎能救迷途，納正軌？誰不希望得天下英才而作育之？可是，行為乖戾的，更需

要作育、鞭策、理解、關心等，倘若求學階段未能及時善導，則日後沉淪機會更大。

那學校有一個學生令他難過，不知出於甚麼心理，這學生竟然為他人頂罪，弄得自己身繫囹圄，留下案底，聽來教人難過。教育課程裏究竟缺少甚麼呢？學生欠缺了哪種心靈培育呢？

點心美味，茶香撲鼻。這次相聚，不論甚麼話題，他都娓娓道來，在春風裏就是這感覺。他談兒孫，自然親切，像讀專欄一樣，人品與文品相符。他的優點，當然不是短短茶聚就能領略，有些老師太嚴厲，令膽小的學生不寒而慄；他卻淡定而理性，讓人心服，學生喜歡親近。他有篇小説〈委屈〉描述窮孩子遲交學費而遭侮辱，描寫很真切，於我最為深刻，這經驗是我童年的陰影，偶然想起仍覺得灼痛。

余光中教授説過：「政治短暫，文學永恆。」「政治使人分離，文學讓人親近。」茶聚上，他也有極之精彩的看法，「政治短促，在中國歷史上甚至有王朝、政權短得只有幾天，教育卻是千秋萬世的，不能為了政治而動搖教育千百年的根基。」

談吐而溫雅，文章而雋永，處世而堅定，教育而奉獻。問渠哪得清如許？阿濃先生一直是為師榜樣。

城市風景線

王�

二手冰箱

　　路過筲箕灣橫街，見有一鋪，賣二手冰箱、洗衣機等。店鋪面積本來就不大，又塞滿了電器雜物，師傅便索性把要修理的冰箱放路旁，反正陋巷人流不多，也不太妨礙公眾。曾聽過人説，賣二手貨的，家具也好，電器也好，都要識得維修，先把舊物清潔、翻新、維修，賣相好，才能善價而沽。

　　這待修的冰箱，門上鏽跡斑駁，從門角邊緣一直鏽去。搪瓷表層剝落，表層嶙峋，如給海水侵蝕，樣子相當駭人。鏽跡頗深，如何修補呢？

　　但見師傅把密封得緊緊的圓罐蓋子撬起，罐裏盛了土色黏黏的泥。他以小鏟子把泥挑起，填在凹陷之處，一層一層，糊、補、抹，小鏟子來來回回，手勢輕輕巧巧，伶伶俐俐。坑坑窪窪一下子給掩蓋，可怕的鏽跡消

失無蹤。

　　過一會兒，泥乾了，師傅用砂紙去磨。這是細作，無需很大氣力，但要耐心。腰腿微微移動，配合雙手，右手反反覆覆，細磨一番，然後用手慢慢地摸，憑觸覺判斷哪兒未夠光滑，又再磨幾下。接着，師傅拿起一瓶噴劑，往復均勻地噴，噴液很快就凝固，泥色漸漸變白。再噴，直至泥色漸漸與未遭鏽蝕的顏色相近。一場雪降，紛紛飛飛，冰箱外門，鋪了一層白雪，換了新的搪瓷外殼似的。

　　啊，原來有專用的材料來修補器物的缺陷，這是翻新方法的一種，真是化醜為妍、化腐朽為神奇的工程。生鏽冰箱，合該送往堆填區了，卻給搶救、美化，延續了剩餘的生命力，為貧窮人家保存了隔夜的食物……

　　我立在鋪前良久了，穿T恤牛仔褲的師傅，也許亦是老闆，一頭蓬鬆白髮，專心去鏽之餘，也留意到有人在旁觀，回頭看看我，似感奇怪。

　　昔才師傅敷泥那幾下手勢，我父親也會做。我們住唐樓時，換玻璃、修地磚、拆換水龍頭，都是他一手一腳全包的。至於冰箱，也曾考慮買一台二手的……

　　香港居住環境從來都是問題。唐樓的間隔，如火柴盒，一壁是板間房，一壁是走廊，走廊寬度勉強容得

下摺疊飯桌和「砵櫃」。「砵櫃」上放了暖水瓶、水杯，下有玻璃趟門，橫七豎八，塞滿了未開的煉奶罐，未飲完卻過了期的咳嗽藥水等。當時冰箱漸漸普及，「雪白牌」好像是名牌。親友都自製「啫喱」、紅豆冰了，我們依然買不起冰箱。後來父親的工友介紹，說有親戚移民，出讓冰箱，父親便帶我登門去看。物主客氣招呼，打開冰箱，說性能良好。父親用手觸摸內壁，感受冷凍程度，再用手觸摸背板，想了解散熱功能，再仔細看看搪瓷外殼狀態。物主報了價錢，父親沒有還價。回家後父親把事情分析一番，說冰箱半舊了，功能尚可，叫價卻不算廉宜。加上我們住在六樓，沒有升降機，運費挺貴，花了一筆運費，倘若冰箱壽命不長，就不划算了，翌日便託工友辭謝。

這樣又過了好一段日子，終於母親的親弟弟為我們買下冰箱，他代付了首期，餘款我們分三年來供。每個月頭，都要拿着一張供款卡，去位於旺角的銀行辦供款手續，挺折騰的。小舅父是塑料機器廠的技工，收入微薄，還要供養鄉下的妻兒。他自己勤工儉省，卻一聲不響地為我們的冰箱籌謀。相濡以沫，就是這樣子。

走廊狹窄，自然不可能同時容下新冰箱與舊「砵櫃」，唯有請兩個苦力，一步一艱難地，抬下六層梯

級，「砵櫃」最終不知運往何處去了。

　　不過希望添置一台冰箱而已，當年竟然如此艱難。一步一艱難，然而多艱難的路，還是走過了，可見人其實是有克服困難的能力。一台鏽蝕嚴重的二手冰箱，不是給維修了麼？眼前光景，觸動了舊日情懷，竟然傻傻的佇立鋪前，靜觀多時。

鑰匙匠

　　一手拖小行李箱，一手提大包東西，走到家門，鑰匙居然插不進匙孔，哎呀，人在負荷很重之時，麻煩就偏偏選在此時出現。

　　幸好香港乃方便之都，經營生活百科的小店遍及大街小巷，更何況自己已是一棵樹，盤根錯節，扎根此區多年，接連地氣，積累人脈，裝修師傅、水喉匠、電工師傅、鑰匙匠都認識。不過各行各業都難免良莠不齊，初時做過冤大頭，又氣得七竅生煙，痛苦經驗令人成長，領教過了，吃過虧了，自然變得警醒。幸而百步之內，豈無芳草，可靠工匠總在守護，一兩次幫襯後，漸漸相熟，建立互信，往往一通電話，簡單接洽，便上門幫忙。

　　匠之為匠，自有其獨到之專業。鑰匙匠問了究竟，

便說有鑰匙在手，卻不得其門而入，問題不大，毋須換鎖，半小時後即趕來。爽快答應，馬上報價，清楚實在，正是香港作風，務實、準確、敏捷。曾經欠了鎖匠工錢，可是多次路過那窄窄的小店，門上都掛了「外出工作」的告示，拖了又拖，竟然拖了大半年才還，我忙說抱歉，他說：「大家多年街坊，難道不信妳？」語氣自然，沒半點虛矯、討好，一派老街坊的情味。

把手頭重物暫存管理處，看更一聽，建議另找就近鑰匙匠，不必苦候。我說寧願稍待，只因其人誠實不欺。看更眼睛忽然亮了，說要請教，沒多久只見師傅提着小小的箱子來，我提醒看更把握時機，快快發問。師傅聽了，給看更指點迷津，說只有兩個原因導致拉閘不順，更授以錦囊。這師傅底氣十足，又一片好心，萍水相逢，已經大方慷慨，不厭其煩了。猜想他一定充滿自信，甚至不無自負，覺得的確要出動工具，發揮技術，結合經驗之時，師傅才親自出馬。至於保養不善這些小問題，就由用家處理好了，殺雞焉用牛刀？反之，一些心眼太小的，絕不教人，生怕一旦教了，生意減少。

匠人話一說完，便從看更手中接過我的行李箱，想是怕我不勝負荷。到了門前，又教我說：「你用十字鎖匙鎖門時，不能心急，一定要轉到盡頭才把鎖匙拔出。

半途拔出，根本未到位，鑰匙就插不進扭不動了，去年你已試過一次了。」我立在旁邊，像個重複犯錯的小學生，聽他分析成因，看他破解困局。今次修理明顯比上次費勁，但見特製的工具轉動多次，幾回以為修好，卻又未成，終於一而再轉動才修妥。我付了費用，他又補充說：「不找我修理不要緊的，但是千萬不要讓人把鎖鑿爛，這情況根本毋需換鎖。換一把好鎖，動輒數千的。」哦，若是存心不良，看準顧客不明就裏的弱點，就鼓其如簧之舌，於是賣鎖賺一筆，換鎖又賺一筆，結果顧客做了冤大頭，物資亦浪費了。匙孔，這麼小，這麼幽暗，即使用電筒來照，亦難窺其祕，裏頭原來可以充塞貪婪，唉，多像心眼。

手機忽又響起，另有顧客求助，可見只要有實力，又何愁生意？鑰匙匠疾步踏入升降機，目送背影，只覺一技傍身之可貴，誠信之可敬。我把鑰匙握在手心，珍重師傅的教訓。

抽獎亦是夢一場

　　那次抽獎是永不落空的，然而，永不落空，卻不表示一切都沒有落空。

　　那家日資百貨公司離住處僅一箭之地，一年到晚都翻空心思，製造驚喜，刺激消費，甚麼誕生祭、感謝祭、美食展、家品展、盛惠一千饋贈一百……還有不可缺的抽獎。

　　抽獎形式都大同小異，只要保留收據，累計金額，就按比例獲得抽獎機會。抽獎日當天，我去得特別早。早到，並不是有早拔頭籌的雄心，只因為中學數學科教了我或然率（probability），讓我明白抽獎次序與是否獲名貴大獎，毫無關係。同樣，所謂好物沉於底的想法，也沒有根據。

　　抽獎，純粹是運氣，只看幸運之神會不會把你青

眯？肯不肯送你一個飛吻？

趁早，只是想躲過人潮，免得排隊而已。那抽獎場地，不過是升降機前面一小塊地，佈局顯出心思。獎品列陣，如垣牆，蒸氣焗爐、吸塵機、電熱水壺、暖風機等等，一一亮相。包裝盒子，色彩繽紛，直線構圖，不留白，畫面熱鬧，線條硬朗，透着架勢，甚至似一幅現代畫。顧客不由自主地估算每件獎品價錢，考慮自己所需，然後帶着期望，甚至滿有計畫，才伸手入透明抽獎箱。

職員正襟列坐，兩人一組，先計總數，再報抽獎次數。我手頭上的收據，哇，不少哩，可抽五次之多。再看看獎品，豐富得可載五車，不免有點躊躇滿志，怎知連續五次，抽到甚麼呢——全是Tempo紙巾！協助抽獎的女職員也禁不住半張着嘴，流露訝異、惋惜。儘管神色稍露，然而言辭克制，完全是香港大機構訓練有素的表現。她立刻轉身，撿起獎品，雙手奉上，我謝過，放買餸車。那車子本是扁扁的，虛位以待，即使五大包，即使五十小包Tempo紙巾塞進去，依然猶有餘裕，大材小用。五十包紙巾排列起來，也是陣勢，可與名貴禮物對比，呀，反諷強烈，落差可笑。

拉車回家，只覺做了一個荒唐夢，雖然獎品分佈

是金字塔式，便宜者居絕多，不過連續五回失意，都抽到最不值錢的紙巾，的確欠缺運氣，唉，春風不渡玉門關。

我把紙巾擱在壁櫥，然後很自覺很努力去矯正負面情緒。運氣已經不好，還要生氣，豈不是雙重損失，何必呢？獎品本來既無，那就連得失也談不上了。紙巾雖佔據太多空間，但到底物有所用，倘若抽得不會飲用的綠茶、咖啡，不是更不合意嗎？

抽獎是不由自主，無可奈何，一場玩意罷了；是或然率的骰子在跳動在組合；是幸運之神開我玩笑，有心測試我的修為。幸運是自己沒有患感冒，所以紙巾只能慢慢消耗，同樣倒運也會慢慢熬過去的。

買雞蛋

買雞蛋，會趁着去超市時，順道拿起，放手推車裏。當然動作是小心翼翼的，一定放在安穩且不受壓的位置。超市買蛋，選擇多樣，產品來自各地，包裝妥當，整齊排列，盒上標明食用期限，加上冰箱保存，似乎是無懈可擊了。然而，菜市場的雞蛋漸漸吸引了我。

從前有一些專賣雞蛋的攤子，黑色電線垂下大紅塑膠燈罩，燈泡的光線經燈罩反照，紅光溫暖，不止照耀雞蛋，連四周都照暖了。雞蛋泛着粉紅，微笑迎人。顧客兩根指頭輕輕拈起蛋，舉頭把蛋移近燈光，檢驗蛋黃是否新鮮。這燈下暖烘烘的光景消逝了，買雞蛋好像不用如此認真，光影之下挑蛋的樂趣也消逝了，連雞蛋攤亦幾乎消逝於市廛。

那時攤子供應大量雞蛋，顧客伸手可揀，非常貼近

民生。存貨則放蛋形紙皮 ，一上一下，嚴加保護，層層疊疊，堆垛如山。雞蛋價廉，富蛋白質，補充營養，滋潤皮膚，兼且以優雅的弧線，素淨的顏色，輕脆的軀體，清純的形態，陳列人前，看多了眼神也會柔和。傍於橫巷轉角的蛋攤，教人懷想。

如今雞蛋只能混跡於青菜蘿蔔之間，有點寄賣的落魄景象，自然不可能再紅燈相映了。蛋殼灰濛的是走地雞所生，嬌小玲瓏色呈輕紅者是初生蛋，數量不多，放塑膠長方籃子，哎呀，為甚麼不放在小竹簍呢？這會增加一點來自村野的聯想。然而菜販實際，一切因陋就簡，膠籃插了紙牌，標明「十元八隻」。買幾隻只用膠袋來裝，滿十五隻才給紙皮盒，原來一盒放三十隻，對摺成半便可安穩承載。

打開盒子，總有雞糞味，證明超市的雞蛋經清潔步驟才出售。雞糞味，誰不嫌棄？但是雞蛋新鮮，無須長途運輸，猶帶自然氣息，更何況，幫襯小販等於支持小農小戶經濟，不是比儲積分換印花有意思嗎？

那麼，到菜市場買雞蛋，不是買了企業化的商品，而是——那髣髴是牧歌的一闋，田園的一景，觸手似感到母雞的體溫哩。

鏽跡

　　我家廚房的地磚，光身滑面，易於清潔，獨有兩塊瓷磚，染有鏽跡。猜想是上一位房客把生鏽的東西放地上，不知擱了多久，留下痕跡。原以為不難清潔，掉以輕心，入伙後，清潔幾回，完全無效。入伙三年，這污跡在淺色地板上，如垢浮水面，份外顯眼，實在難看。於是我把心一橫，不如更換瓷磚吧。

　　我腦海裏卻同時出現一些畫面：洗衣機冰箱要移走，鑽土機殺進來，地臺遭撬起，轟隆轟隆，喧喧囂囂，其他潔淨無垢的瓷磚平白無辜一起陪葬。寸土都給撬得粉碎，沙塵四起，滿屋飛揚。瓷磚斷裂，碎塊棄竹籮內，婆子來把竹籮拖走，堆填區又增了負荷。唉！入伙之後才東修西補，加倍勞神傷財。

　　裝修判頭蹲下來，凝視鏽跡，用手摸摸，思量方

法。他派師傅去取強力清潔粉，師傅猛力擦了好幾分鐘，惋惜事無可為，回天乏術。判頭又捎來幾種液態固態不同牌子的清潔劑來，他先蘸清潔劑，再用水砂紙去磨，鏽跡好像淡了。啊，曙光初露。翌日他再用小型打磨地板機來磨，那機器直徑約半呎，一啓動就隆隆隆，碎末亂飛，黏在櫥櫃壁面，那鏽跡好像又淡了一點。

判頭是難得的好人，但極為忙碌，不敢浪費人家時間。加上瓶子說明有這麼一句——「頑固污跡，重複使用」。我忽有所悟，提出用持久滲透法來試驗，判頭頷首同意，還說若能成功，以後可以教客人，那就不用動不動就大興土木，浪費資源。

我戴上手套，日復一日，每隔幾小時就以棉花蘸清潔劑，鋪鏽跡上。半個月下來，鏽跡已淡，不致太礙眼了。清潔劑呈弱酸性，可除鏽跡，不慍不火，沒有把瓷磚表面侵蝕到變色。

瓷磚鏽跡，費了許多苦心，終於露了轉機。然而，人的污點，如何拭抹呢？不慍不火，持之以恆，輔導訓導就成功麼？我的實驗證明了轉機的可能。

敢對十指誇針巧

　　新衣裳偶爾要改一丁點，可是我拙於針黹，得幫襯改衣鋪。第一家是小工場，在商廈內，樓底高，搭建閣樓，拓展空間，樓下是較重型的衣車、鈒骨車及裁床，男女師傅數人，五彩色線如山，木尺軟尺開放，布碎、線頭凌亂於地，收音機幾個聲部同響，各聽各的頻道，亦是香港一景。數十年前製衣業蓬勃，後來社會轉型，製衣廠北移，工人多半轉行，然而有些師傅身懷手藝，不甘捨棄本行，幸而有枝可棲。閣樓主要用來掛衣服，也是老闆的工作室。老闆是老太太，在時裝界有其人脈，人非常精明，修改衣服，索價頗高。

　　憑着介紹，尋到另一家，便從商業交易步入人情交往。小店屈居橫街陋巷，可聞電車叮叮。店堂深窄，掛滿衣裳，連晚禮服、皮外套也有，介紹人說老闆改工仔

細，取價相宜。忙碌的電動衣車，輕垂的帘幔，窄窄的裁床，直立的熨斗，格局略帶閨秀氣。老闆聽見門聲，仰起臉來，但見髮髻輕籠，白珠耳環，容貌端麗，輕聲細氣，淑女氣度，我不禁暗暗讚賞。其他改衣鋪要求先付款，她卻說不急，對我很信任似的，跟市儈嘴臉真有天淵之別。這樣來來回回，次次滿意。

這老闆已經跨進後中年的門檻了，難得依然勤奮，沒放下本事，依舊運心思、動剪刀、踏衣車、拈針線，須知道，改衣服比新做衣服更難，更考功夫。長短闊窄以外，還要照顧衣服結構、整體美感等因素。這位姿容優雅心靈手巧的老闆，一定自少長於針線，時裝觸覺敏銳，又早已學習裁剪，經驗豐富，所以遇到難處，游刃有餘了。

一雙素手，一技之長，掙錢生活，自立門戶，敢對十指誇針巧，已然是雍容氣度。

鳥

　　我家廚房外，有橫杆，偶有鳥兒飛來，暫息杆上。
那兒朝東，清晨已是一片晨曦，加上清風徐來，一橫窄
窄懸空的橫杆倒也可棲。

　　忽有三隻小鳥聯翩而至，還彼此挨着偎着。這三
隻小鳥應該是一家，最大的居中，小的一左一右傍着，
竟微妙地對稱，對稱又增添了和諧及平衡的美感。我看
了，心中感動，忙用手機拍下來，咔嚓一聲，輕輕的，
沒驚動鳥兒。

　　看，羽毛貼着羽毛，用柔軟綿密的羽毛來接觸，那
接觸一定軟入心脾。陽光下，三十幾度哩，小鳥還靠得
那麼近，不嫌熱。那麼，體溫互感，互相傳熱，那溫
度，大概份外的暖。鳥的體溫在動物界中屬於高溫，高
溫方可維持飛行的能量。先天的溫度加上相親相愛，唯

其兩種熱能傳來，隔着幾呎，依然看得我眼熱。

　　窗外一景，呈現大自然的渾厚親和。鳥，尚且懂得愛，懂得親近，散發了甜蜜溫馨。人呢？我推測鳥的智商、情商都頗高，高得知道怎樣溫暖自己，溫暖人間。

58

快樂餅店

　　咬一口合桃蛋糕，馬上感覺到水準了，很鬆化，不太甜，合桃塊頭大，顆數多，美國貨，捨得落本。餅厚，比一般厚三分之一，很撐肚子。此店另一招牌貨是忌廉酥皮卷，忌廉依然手打，放海螺形酥皮內。手打費時費力，挺辛苦的，有所堅持，也許是太明白機打跟手打的分別，故此寧願辛苦。最為難得是售價僅是五元，絕對優惠街坊。

　　這餅店與皇后大道東的格調格格不入，所以特別教我留心，路過才想起電視和報紙曾推介。路上多是高級家具店，賣木器、沙發、窗簾、畫框，在充滿小資情調的地方，卻夾雜一家不講究門面的老店，更顯我行我素。剛烤好的蛋糕，暖人腸胃，餅店使皇后大道東更兼顧街坊更近人情。

餅店前鋪後廚，大概幾十年前開張就是這格局，不事裝修，實用為先。忽見員工托起黑鐵方形烤盤急步捧出，推入放多層架上。「咔咔」幾聲，鐵骨錚錚地表白：「新鮮出爐」。從一團麵粉而暖色金黃，再而香氣四溢，然後形態飽滿，散發熱力，隆重出場，整個過程充滿儀式感。前鋪有玻璃櫃，曲尺形，陳列各式糕點，也貼上報刊對此店的推介。店內地方淺窄，僅容顧客三四。地磚殘舊，四壁昏黃，壁上掛了風扇，瀰漫實用主義的氣息，籠罩麵粉發酵、雞蛋炊熟的煙火氣。

餅店名為快樂，老闆接受傳媒訪問說：「知足不強求，快樂可以很簡單。」吃是最基本又最簡單的快樂，讓人吃得快樂，成功感也為自己帶來快樂。老闆無意賺到盡，有賺已經知足。

我幫襯快樂餅店幾回了，店員待客和氣，不推銷不硬銷，不穿制服，像一家大小合力經營。快樂餅店在香港這強調「賺到盡」的社會，帶來啓示——快樂，是一口鬆軟的蛋糕。快樂，是手藝的掌握。快樂，是踏實的工作。快樂，是知足的心態。

街頭獵客

到上環一家有名的老店買點涼果，小巷裏遇上小小的商業角力。

上環，是中環繁華之延伸，開發既早，在新時代中猶處處古韻浮動，在舊氣息裏又洋溢商機，商機自然激化為活力。

那條街叫永吉街，街名古雅，命名者藉着街道命名，寄盼了國泰民安。一番美意，百餘年後仍教訪客感動。街道和電車路成垂直，路面頗窄，窄如巷弄，這也是舊區特色，教人不免神遊舊域。路旁右邊都是墨綠色的鐵皮屋，攤子格局，高度一致，面積有大有小。獨立小戶，外貌一樣，行業各異，貨品從底到頂塞得滿滿，寸土都不浪費，或可見證當年政府給小販營生的發牌制度，亦可反映小販珍惜空間全力拼搏的精神。

　　街巷深深，走沒多遠，即見涼果攤。攤子無人，卻陳列了三數瓶王牌果品，玻璃瓶子大大的，銀色蓋子亮亮的，涼果滿滿的，還高掛起照片來介紹老字號的歷史，更以箭嘴指示新鋪所在。這裝置可愛有趣，發揮宣傳及引路的功能。小攤已從三尺之地，擴充為店鋪，飛躍了，成功了，正是無數香江故事之一。

　　復再前行，尋得新店，但見新派裝修，貨品種類形形色色，琳琅滿目。年輕女店員穿上制服，我把要買的放櫃枱上，八達通一「嘟」立刻成交，充滿大城市的活潑節奏。舊品牌，新管理，若店鋪陳設及涼果包裝能保留古意，當更吸引。折返原路，不免站在綠色小攤前多看幾眼，隔壁攤子的老婆子突然高聲把我叫住。

　　我愕然側過頭來看，她坐另一攤子旁，根本不是做涼果生意，「呢間只是賣個名，這些才好吃，泰國出的。」她下巴揚起，眼神示意，叫我望對面，對面店鋪卻是時裝店，店面旁玻璃飾櫃莫名其妙擺賣獨立包裝的涼果。她見我肯轉頭張看，眼神便聚焦我的動靜，以為我意動，怎知我微微頷首，卻不幫襯。

　　這婆子與幾步之外的涼果有何關係？為甚麼如此熱情推介？箇中隱藏了甚麼？不免惹起猜疑。貶低對手，自抬品質，做法令人反感。否定人家積累多年的名氣，

偏又要緊緊依在名牌旁邊，只為撈去搶走慕名而來的客人。更何況，婆子隱藏了自己身份，絕口不提是老闆還是售貨員，反而以局外人的模樣，以無關利益的姿態，以提醒的口氣，以一番好意的心腸，掩蓋了路邊爭奪生意的意向。

至於雄壯的聲音，堅定的批判，積極的推介，面對面近距離的推銷，是否奏效呢？我覺得既然是有目標地撒網，有計畫地捕獵，總有所獲的。而顧客之中，必有耳朵軟，心不定，易上鉤的。涼果並不昂貴，中招而買了並非屬意的東西，損失有限而已。

但是，人生遇到的誘惑、受到的慫恿，卻是無數且層出不窮，又怎能不盡早學會趨避，懂得抵擋呢？

秋意

　　立秋已若干個日子了，秋意悄悄的，教人不為意就
來到身邊了。

　　電視新聞的畫面頂端，常顯示濕度，濕度降得頗
低，到七十左右，畫面還用火的符號，提醒市民，風高
物燥了。

　　我曾多次搬家，兩次住向南的房子，地方雖然小
小，然而頗為愜意。朝南使我體會甚至享受四季嬗替的
感覺。自然現象來得真切，不落言詮。

　　曙色已露的時分，淡淡的金光已照到花槽裏的籬杜
鵑，紅綠在光照下顯得明亮，有時花葉給秋風輕吹，微
微抖動，窗外景色一下子靜中有動。接着，含金量再多
一些的光線，漸進式的一寸一寸移入屋　，灑在橡木地
板，客廳這一角忽然亮了，室內形成明暗對比。光線變

化，證明金秋已臨，因為夏日驕陽不會曬入南窗。

朝陽的光度，亮而不炫，不扎眼，很舒服。這種陽光一年裏頭也不太多，更要珍惜。我有時會把握時機，把陳皮、冬菇拿來曬。有時會把盆栽移到陽光下，光線不烈，不會曬傷嫩葉。

在菜市場的花攤，見秋菊，竟是粉紫色，嬌嫩芳美，不是說人淡如菊嗎？菊花哪得如此妍麗！驚喜之下，又怎能不買一紮，好把秋色留住。

秋日暖陽，和煦輕柔，柔得叫人心軟。香港並非四季分明，香港之秋是難得的好日子，奈何良辰美景，為時不長，稍縱即逝。

車廂暖流

　　步入地鐵車廂，剛好有座位，忙坐下。到了下一站，有老態龍鍾的伯伯拖着手推車走進來，立定，一手握住扶手，讓自己立得穩定；一手抓住手推車的手把，怕一鬆手，手推車失控滑動，萬一前仆後倒，準會傷人。我忙站起，想讓座，旁邊的青年，用手示意不必了，暗示：「妳坐吧，由我來讓。」

　　他把擱在腿上的背囊一提，立起，走前一步，輕拍伯伯手臂，請伯伯坐。伯伯連連點頭，一迭連聲說：「唔該、唔該」，蓬鬆白髮在光管映照下，白的更白。伯伯拉起手推車，連車帶貨，坐好，再用腳抵住車輪。手推車是重量級那種，一般用來運汽水罐、礦泉水，然而，以伯伯年紀，大概不可能幹這些粗活了，那麼，因何用上呢？此刻，尼龍袋半載東西，給繩索繫着。僅僅

一瞥，可以推想，伯伯曾經負載沉重，拉着手推車奔走於途，如今老邁了，一直未能脫貧，依然是勞苦一族，太重的已不能拉了。手推車，一定是他謀生的助手。

七八十歲那一代，為香港貢獻最大，也吃苦最多。

伯伯坐好後，打開肩胝袋子，取出報紙，專心讀報。老一輩的，不論學歷、性別、貧富，都有閱報習慣。地鐵行車的微微晃動，揚聲器的宣告，車門開關的提示聲，多少有點干擾，伯伯居然一派閒適，「歎」其報紙，自得其樂。

讓座青年靠着門側玻璃，跟伯伯一樣，也是低頭，看其手機。一老一少，萍水相逢，沒有約定，此刻竟似互有默契，低頭各看不同的媒體。

只因青年善良，對女性對長者，都尊重而關顧，地鐵車廂裏忽然漾起融和氛圍，暖流四溢。老者得能安之，少者哩，他一定懂得愛心的能量。

此時此刻，香港實在太需要這麼好的青年。

失物待領

「阿妹，你們有很多群組的，問問哪個遺失了這手袋？」賣菜的老闆女，跟一個年輕印傭說話。老闆女也近中年了，嗓門大，說話利落，幾句已說清楚來龍去脈，還用眼神示意。那印傭忙忙取出手機，按呀按，在網絡世界裏尋找一個冒失的同鄉。我本來低頭揀紅蘿蔔、馬鈴薯，一聽，便抬頭一看，但見布造手袋高高掛在鈎子上。「今天早上遺留的，手袋裏頭有錢、有鑰匙，沒有手機，怎不回來找找？」

一番話把菜市場化為有情天地。老闆女替印傭焦急，就想到借助群組，尋找失主。誰都知道，菜市場從早到晚都忙個不休，人人做到腰痠背痛，竟有菜販為失主費盡心機，一番苦心，打鑼打鼓去尋人，只是怕印傭不得其門而進，又怕她蒙受損失。

　　這麼熱心腸而又聰明的人，委實難得，我禁不住連聲稱讚。換了其他人，不見得把事情放在心上，說不定把手袋扔往牆角，失主歸來認領便擲還，不來則任其與殘菜剩蔬同腐。

　　隔了兩三天，我再去幫襯，舉頭不見那手袋，以為物主驚魂未定，神色慌張，急急趕來取回了。豈料老闆女莫可奈何說：「無人認領！」

　　這菜市場一條直路，而菜攤又位於路的前方，鋪面大，老闆夥計都爽快，不會兇巴巴罵人，沒道理不來尋找的。也許一個手袋、一點金錢，甚至最重要的一串鑰匙，對那印傭而言，根本不是甚麼，她壓根兒不緊張。至於遺失物品，那麼不小心的行為，我們會自責的，人家會不會呢？唉，誰知道呢？

貨物滾地時

　　雖然新冠肺炎疫情蔓延，然而白天之下，北角英皇道依然車流不絕。馬路寬闊，一來一往，六線行車，路中央有駐足處和電車站。綠燈閃動了，催人疾步，為安全計我停下來。見一個運貨的，推着四輪有活動鐵手臂的手推車，也許心急，想在未轉紅燈前，快快把車推過對面，可是從行人路到馬路有一級之差，就在車子斜斜下降之際，有兩箱貨物從手推車滾下來。搬運工一時間慌了手腳，有點不知所措，因為紅綠燈轉了燈號，汽車不能前進，連電車也被迫停下來。

　　搬運工想撿起貨物，又不能不張看，怕跑出馬路會給汽車撞着，神色慌張了。車流確實堵住了，這也增加壓力，他見汽車不前，路面受阻，便急急托起紙皮箱，重新放回車上。撿了這箱，又托起另一箱，動作不算

慢，可是香港人慣了爭分奪秒，電車司機隔着口罩罵人了，聽不到罵甚麼，只見他眼神和手勢都流露厭煩，還好沒有人響「按」催促，不然一片「缽缽」聲，搬運工心裏更慌了。

不過一兩分鐘光景，倒地的貨物已經擺好，岌岌然的，搬運工推着八個中型箱子，惶惶然越過馬路。箱子顛顛的，忐忐忑忑，像搬運工的心情。手推車車頭翹起，登上一級，搬運工這回小心翼翼，用手扶住貨物，箱子不再滾地了。

搬運工沒用尼龍繩上的鉤子把貨物扣緊車上，落一級的剎那，出了小意外。在繁忙大道上製造了小小障礙，短短延誤，只因一時疏忽，加上沒掌握好技巧，力度和速度控制不好，釀成困局。要是滾地的貨物比較多，相信會有路人熱心上前，幫忙撿拾的。一個奔波於途的勞動工人，急於送貨，忙着生產，生了小事，使馬路高亢的節奏頓了一頓。

這一刻，脫序、離線、誤點，正因為忽然來一點缺漏，才考驗出社會的包容氣量，測試到旁人的扶持力度。

身影狼狽，四輪橐橐，一車貨物轆轆而過。路長人困，在社會的底層蹣跚而前，趑趄而進。

你搶我搶買廁紙

「口罩夠不夠？廁紙夠不夠？」家務助理這樣問，她是精明師奶，我漫應一句：「夠」，懶得去點數實際數量。正是庚子年春節，縱然工廠仍休息，新型肺炎的消息亦已春雷驚響，可是廁紙供應料不受影響，何必你搶我搶？翌夜，她再傳來相片，赫然見連鎖店外一車車廁紙給顧客搶購。

呀，一葉知秋，那麼其他超市的廁紙也成為搶手貨了。忙忙檢查存貨，櫃內只剩兩卷，連紙巾也快用完，糟糕！心裏暗暗覺得不妙。次日大清早，趕去兩大超市之一，那兒離家一箭之地，但見平日擱廁紙的層架空空如也，只有手寫的通告，說廁紙、盒裝紙巾限買兩份，反映了這超市已經提防瘋搶，採取防範了。

不敢怠慢，疾步往屋邨的日式超市去。那兒地方寬

敞，平日相當喜歡那種悠閒購物的情調，此刻卻微微有點焦躁了。付款處的購物車上，未有廁紙影蹤，已經打了輸數，但始終要跑進去看個究竟——果然那如垛如垣的廁紙消失，教人聯想起融化了的雪人。

失落茫然的神情大概形之於色，旁邊女士一番好意，提醒說另一家此刻有賣呢。連忙謝過，幾乎以小跑的速度奔去。那兒在地鐵站另一出口，說遠不遠，說近也不近，平日不慣跑步，我有點氣喘吁吁了，終於抵達。超市在二樓，抬頭一望，喜見自動電梯有廁紙成捆徐徐下降，顧客把寶貝捧着、拉着、曳着，喜從天降似的，倒不嫌負荷太多，搬運吃力。既然有貨，我以為這回馬到功成了吧。

那超市位於鑽石型的屋邨商場，鑽石型的設計弄得空間窄長而多角，得深入腹地才看清虛實。大批菲傭、印傭、嬸嬸等已推着一車，甚至兩車，車上全堆滿廁紙。每人買十包八包，即是約一百卷，以香港居住面積而言，怎能容納？她們儼如勇者，一臉勝利，游過彼岸，等候結賬。我不熟地形，找不到放廁紙的貨架，一問，答案竟然是賣光了。天啊！怎可以如此呢？此時仍早，超市開門不久而已。這是香港兩大超市集團之一，經驗豐富，既然昨天市面已呈搶購局面，焉能不限購？

竟任由過量購入，毫不考慮公眾所需，實在欠缺社會責任。

我立在擠迫的立錐之地，眼看顧客與購物車爭路，耳聽多角落傳來像回音的雜聲。希望頓失，且驚且怒，一切一切，都戰鼓般敲打神經，這兒充塞着爭先奪後的硝煙氣味，不復平日你買你的，我買我的。奪得十包的，面有得色，眼看別人一面彷徨，兩手空空，絕不會讓一包給人。此地也無謂逗留，我有點不適了。

到了下午，多跑一趟，在三家超市為穿的門限，再次逡巡，依舊無功而還。日間奔波，體力消耗，更兼燃眉之困未解，手頭上的廁紙僅夠幾天之用，身心交困，難道為了廁紙而病倒？唉，我叫自己安定下來。

躺在床上，靜中思量，那一刻頓悟到梁啓超先生所說的：「以今日之我打倒昨日之我」，我後悔自己過分相信理性分析，忽略客觀形勢。處變不驚，變成處驚不變。

恐慌往往出自謠言，群眾若不盲隨，社會自然波瀾不驚。不憂不懼，不加入搶購行列，更不屑成為增添恐慌的分子，這種公民意識，當然正確。不過，背後一定要有儲備，儲備豐富，足以撐一段瘋狂且荒謬的日子，否則，別那麼高調了。當購物速度快於上架速度，貨架

轉瞬空虛，人心一定虛怯，搶購只會越演越烈，直至民間儲備達致過飽和，上架速度追上了，搶購才會停頓，人心方能安定。

兩天後的早上，日式超市尚未開門，門外已經排了五十人，那行列裏頭有可憐的我。超市拉閘，職員引領，顧客魚貫而入，每人獲配給一包廁紙、五盒紙巾、兩瓶消毒濕紙巾。吃過苦頭，受了教訓，慶幸滿載而歸，原來買到廁紙不是必然，而是幸運、幸福。我安心了，哪怕身段卑微呢。

後來工廠趕工，運輸無礙，這輪廁紙狂潮，也接近二十天始回復正常。當冷靜遇上衝動，當理性遇上非理性，後果誰知？

魚雁憑誰千里送

一個郵筒，足以成為感情的寄託，更可況是一座郵政局呢？

郵政局離我家僅一箭之地，寄掛號信、買郵票等都方便極了。買房子時沒考慮郵遞這配套，可是住下來才領會到郵局為鄰的好處，這好比格外一份花紅了。

電子郵件減少了紙張郵遞，然而平日郵局也不冷清，在新冠肺炎籠罩時，許多地方悄然空寂，郵局卻門限為穿。職員門外把守，先用體溫探測器在客人額頭一照，這動作像無形的關卡，阻止病毒入侵。然而絡繹於郵局，門外門內的，偏偏多是為了病毒而來。

春節前後，香港疫情嚴峻，市場口罩奇缺，海外親友四處張羅，把口罩寄來。後來形勢逆轉，郵局便常常排着人龍，多半是把一盒盒口罩，萬里關山寄往海外

去。口罩薄薄的，載着的感情和意義太重了，裏頭有焦慮、叮囑、關顧、祝願……疫情瀰漫，有甚麼比口罩更重要更急切呢？這總教我想起冰心那首小詩——〈紙船〉。

郵局設備簡潔實用，恰到好處。桌面窄長，嵌在牆上，還提供了原子筆、繩子、膠紙、剪刀，解決了好多問題。櫃位一排，分類清晰。除了陳列新郵票、首日封外，也有郵寄包裹用的紙皮箱、泡泡軟墊信封套，價錢甚至比書局相宜一些，然而最難得是職員服務的態度。

有兩次郵寄包裹，所享到的優質服務，真值得記下來。

把書寄給故人，先用泡泡膠護着，放紙皮箱，再以膠紙封箱，一副固若金湯的姿態。以海運平郵來寄，以為郵費有限，豈料貴得咋舌。職員解釋說包裹超過兩千克一點點了，這就很貴，建議取出一些東西，讓重量減到剛剛兩千克，郵費便相宜許多。他還叮囑以後過磅後才封口，啊，對呀，把郵包又封又拆，不止折騰。郵包表面留下撕開痕跡，也會惹人疑竇。職員一番提醒，非常受用，若是他滿腦子事不關己的思想，就懶得指點了。

最近一次更感動。要把藥寄往廣州，以為私營速遞

較方便，怎知這公司不肯運藥。往郵局辦理速遞，職員說疫情阻隔了交通，速遞也要兩三星期。填寫地址時發覺不知道郵政編號，一時心存僥倖，漏空了這一欄，以為地址準確就夠了。離開郵局不到半小時，朋友來電，說沒有郵政編號會更慢一些。這回我大意輕率，連忙趕回郵局，想補上資料。向剛才接洽的職員說明一切，他掃描了單據，馬上去把郵包找回來，豈料半小時前才寄的藥，已經登上郵政專車了。啊，真是名副其實的速遞。

那怎辦呢？職員不慌不忙，叫我填表格，並附短訊，說明原委，請速遞組代為填寫，然後由他馬上傳真速遞組。給人麻煩，我兩次致歉。職員卻安慰說：「不要緊，這種事常常有的。」

我滿懷感謝離開，沒想到兩天之後，藥物已經直達廣州朋友手裏，此時此刻，疫情阻隔，居然高效率到這地步。

郵政局，靜而能動，儼然古代驛站。杜甫詩：「竹批雙耳峻，風入四蹄輕。所向無空闊，真堪託死生。」飛馬傳書，大概是這樣子了。

關關難過關關過

　　山海關是明長城最東端的關隘，乃天下第一關，外抗胡塵，內保民安。

　　我家門前有一塊塑料地毯，多個小膠圈相連組成結構，鞋底踏之可除塵垢。新冠肺炎在庚子年突襲香港，挨過沙士之苦的又怎敢掉以輕心？抗疫資訊紛至沓來，有云病毒會黏在鞋底，無聲無息已經登堂入室，地毯忽然變得脆弱，防守力頓失，我忙用一比九十九的漂白水把毛巾浸透，放地毯上，守住第一關。

　　新冠肺炎傳染率是三，死亡率因地因人而異，尚幸不算高，全球都日以繼夜急於星火研發特效藥與疫苗。世衛認為這種病毒或永不銷聲匿跡，抗疫將成持久戰。病毒胡馬一樣殺來，從武漢殺到環球，殺得馬仰人翻，人類忽然渺小，然而海明威《老人與海》不是說：「人可

以毀滅，但不能屈服。」

疫情嚴峻之時，深居簡出，還一路小心翼翼，快馬回家，入屋前鞋子反覆踏在消毒巾上，然後依足指引消毒。關外形勢複雜，從起初本地個案到後來外地輸入，總是叫人憂心忡忡，後來連續二十多日天天捷報，每天下午傳染病中心的醫生於發佈會上匯報確診情況，醫護憂勤，民間更應合作。

抗疫的基本物資在春節前後曾經不足，現在已經不缺，不少災情嚴重的地方買不到口罩，連醫院也無法提供防護裝備給前線，香港可謂物華天寶了。人在福地，自當珍惜，過份憂慮，徒添困擾，無助抗疫，我寧願選擇謹慎而順乎天命。

人生苦短，不如心靜不驚，想想哪個親友有需要，便往郵政局把藥物、口罩和祝福寄到遠方，疫情裏有哭泣有嘆息，也有微笑和溫暖。

回望前塵，沙士不也是可怕嗎？人生不是有許多關隘嗎？關關難過關關過。不如做好市民本份，在疫情中帶來正能量，跟着歌手許冠傑哼唱〈滄海一聲笑〉——「啦啦啦」。

且喧鬧吧！

　　地產公司喜歡以「海景」、「山景」、「園景」、「池景」來簡括形容樓盤的景色，可惜我家風景無山海園池之勝，有者則僅是「操場景」與「電車景」而已。當時之所以買下鄰近學校操場的單位，只因樓價升得太快，盤源太少，自己一時心急，加上給地產代理如簧之舌所慫恿，未加細察，連租約買入。

　　學校一定是弦歌之聲不絕的，琴音樂韻倒未聽過，入耳者常常是喧鬧聲，大叫、尖叫甚至狂叫，時有所聞。經過課堂疲勞轟炸之後，釋放壓力與體力的好地方，莫如操場了，一切都可以理解，只是苦了我脆弱的耳膜，唯有在睡房加裝雙層玻璃。上下課鈴聲早已與時並進，一聲長長鬧鐘響鬧改良為樂章一小闋，悠悠揚揚，不似催促，學生亦能「聞弦歌而知雅意」，依循時

間表而行止。

今春新冠肺炎肆虐，中小學以至大學都停課良久，月前疫情受控，終於復課。那天電視新聞訪問了重回校門的學生，從初小到初中，人人滿面興奮，充滿盼待。唉，網上教學怎能比得上老師耳提面授，同學切磋琢磨呢？世紀病疫，意外地讓學生珍惜校園的一切一切，原來上學這種大大的幸福不是必然的。更何況學生可能還有其他領略，整個社會都陷於陰霾，家庭經濟也許下行，父母工作或恐不保……疫情下種種苦悶甚至痛苦，都令人成長。西諺說：沒遇上困阻的人生，猶如朱古力裏頭沒有果仁。

復課那天，久久不聞的下課鈴聲響起，喧鬧重來，我探頭下望，操場上看台黑壓壓的，田徑跑道並無跑手，四周蹓躂的不少。七八個學生圍成圓形，各執着彩虹色圓網之一角，網上有球，但見他們合力搖晃，把球彈上彈下，盪來漾去。論語中曾點說：「暮春者，春服既成，冠者五六人，童子六七人，浴乎沂，風乎舞雩，詠而歸。」眼前欣欣然是另一個現代版。

鈴聲隨風再響，學生立刻收拾彩網，十分自律。操場一片空寂，喧鬧退潮，耳根清淨，那刻，我竟然期待下一個喧鬧的小息。

升降機裏的漣漪

　　升降機的發明，節省了人類的體力、增加了建築物的高度、擴充了使用的空間，於是出入方便了、視野遼遠了……登樓，可以為賦，王粲一篇〈登樓賦〉勾起了多少去國懷鄉之感。我們現代人，居住在高樓大廈，一天之內進出升降機不知幾多回，升降機空間僅是小小，乘搭時間不過短短，然而登樓下樓，不免偶有所感。

　　新冠肺炎肆虐全球，升降機裏，也印證了一些現象。

　　由於盡量減少外出，網購、外賣成為疫後春筍，送貨員自是絡繹於途，奔波不絕。聽他們跟保安的對答，約略可以推測哪個是識途老馬？哪個初入此行？且看新丁的神色：他們多半帶點腼腆，眼神流露警惕，對保安的態度與大廈的氛圍都顯得在意，可見陌生感與經

驗不足都會產生戒懼。然而他們並不年輕，何以忽然轉行呢？旅遊、零售、飲食等行業皆陷於苦寒，公司因倒閉、收縮而裁員的消息，無日無之，遍地哀鴻，失業或開工不足的，不轉行求生又怎能生活下去？與其投閒置散，不如改變跑道，不少人背後都有其辛酸，箇中滋味，真是冷暖自知。

升降機內，專家認為不無傳播病毒的機會，於是人人顯得謹慎，想辦法不用指頭去碰觸鍵鈕，我常用紙巾隔着來按。有回遇見裝修師傅，但見他把活動木梯架在左邊肩頭，左手披着梯子，右手拎着外賣，鞋子斑斑然留下油漆的點滴，我不禁想像乳膠漆從天花板髹到地腳線的光景。他兩隻手都忙，我便替他按，他爽朗一笑，兩番道謝。裝修這行，聽說受影響不致太深。

又有次見送貨員把一大袋貓糧扛在肩頭，手上拿着送貨單；他傍住牆壁，讓高高的袋子靠着角落，為了遷就力度，頭便側起。姿勢欹斜，人卻自立，那是勞動者靜止而承托、暫休而負重的畫像。他步出升降機時再次多謝我代為按鈕，大家說聲「拜拜」。

升降機高速運行，活動量大，進出人次多，滿載萍水相逢的眾生，在各樓層先後離開，再左轉右拐，進入不同的單位，各寫各的〈登樓賦〉。然而舉手之勞，已

經漾起一分溫暖、一點關懷,在苦澀的疫情中,漾起的漣漪漾得更遠更遠,遠到病毒不能入侵的心靈去。

疫情裏窺看小生命

　　地鐵車廂裏，小夫妻緊緊依偎，坐在一角，懷裏抱着新生嬰兒。疫情下市民盡量減少外出，攜帶幼嬰出行的更少，我禁不住留神望去。

　　襁褓是個昭君套，帽子連着衣服，下襬有一排紐扣，恰像封套把嬰兒裹着。昭君套滾了粉紅色緄邊，印上粉紅碎花，那麼年輕夫妻懷裏的是掌上明珠了。嬰兒不便戴口罩，唯有在昭君套內再加一頂帽，帽子前端垂下透明膠造的面罩。面罩猶如屏障，多少也可以擋一擋新冠肺炎的病菌，然而透明膠的硬度使面罩不能貼面，那做爸爸的對保護裝備很不放心似的，時不時把面罩壓一壓，只希望更貼面，可是沒一會兒面罩又回復原來狀態，與嬰兒粉紅色的臉維持距離，這一兩寸的距離叫人多不放心啊。嬰兒淺淺入睡，忽而睜開清亮的大眼睛，

輕輕呵欠，再尋夢去。一串小動作無限趣致，又帶幾分嬌柔，看得父母甜甜的。

那父親穿了束腿褲，褲腳抽高，露出紋身的小腿。那媽媽發胖的身軀說明了生育不久，仍未收身，已經歷了產兒的痛楚，而跨過了女性的里程碑。平平凡凡的小夫妻，因嬰兒在疫情中出生而面對挑戰，抗疫角色顯得更積極，一下子擔當了勇者的任務，不止保護自己，還要保護抵抗力弱的嬰兒。

車到了北角站，許多乘客在此轉車。那媽媽把嬰兒接過來，男的伸手護着妻子，女的抱緊嬰兒，還用手把面罩輕按，一家三口離開車廂。既然心有所憂，因何還要外去？可能到母嬰健康院檢查吧，可能祖輩盼望一睹愛孫稚嫩如抽芽的容顏吧，塵世裏總有萬千理由，結果讓我這陌生人無意之中窺看了小生命。

在疫情中彼此依靠，互相扶持，好一幅抗疫圖。點滴回憶，浮生掠影，真該拍攝下來，且看看這定鏡這特寫：溫馨中流露堅強，謹慎裏透出擔憂，愁悶中沁出喜悅。車廂一景，小中見大，亦足印證香港抗疫的經過。

玉隆

髣髴話當年

○

難得天涯若比鄰

玫瑰金色的蘋果手機，纖纖薄薄，小小巧巧，盈盈伏在我掌中，只等待指頭輕輕一按，文字、圖像、聲音，噢！馬上飛將軍一樣，竟然凌絕險阻，飛渡關山，跨越國界。飛燕、天馬、疾風，都顯得太慢了。「千里江陵一日還」，當時以為很快了，可是，跟手機傳送的速度相比，真是兩個世界。聰明如李白，也無法想像會有這般光景。

這一端，按一按；那一頭呢，說時遲那時快，已經鈴鈴而長途電話響起，叮一聲而 WhatsApp 傳到，風吹一聲似的電郵已投遞在雲端的信箱裏去。萬里如同咫尺，海角近如閭里。王勃是初唐四傑之一，其名句「海內存知己，天涯若比鄰」，以另一種意思，以高科技之準確矯健，實現於世。資訊舉翅鵬飛，無遠弗屆。

　　手機外形流麗而優雅，線條乃直線與圓角合成，凸顯出方中有圓的個性。機背散發着柔暖的光華，金屬的光澤在燈下份外明艷，加上功能無限，又怎能不愛不釋手呢？手機在握，躊躇滿志，我把玩着把玩着⋯⋯

　　幼時家裏沒有安裝電話，電話是富貴人家的身份象徵。當年的電話，全是黑色，很沉實的那種黑，高貴而蕭穆。機身很重，聽筒也重，一派不重則不威的架勢。電話於我而言，是遙遠的，難以企及的。有時聯絡親戚，若對方有電話，家人會差遣我去做。那麼，電話何處借呢？

　　整幢唐樓沒一家擁有電話，隔籬鄰舍，愛莫能助。我家樓下有士多，還有許多布莊。鋪頭為了業務方便，多半安裝電話。只要加點錢，每月會有人員來清潔電話，還在話筒黏一塊蠟，一提起話筒，便覺香氣怡人。鋪頭坐擁電話，不表示肯借。相反，為防求借，嚴於堵截。有些把電話藏起來，或藏在花布簾後，或藏在木匣子裏頭，木匣子朝外挖幾個洞，讓鈴聲透出。有些不屑遮掩，索性在電話旁放一張硬紙卡，寫上「壞了」、「不借」，更讓人容易會意是用紅筆畫了一個大交叉，看你還敢不敢開口借。其實電話費以月費計，並非以使用時間計算，借出電話雖然會阻礙客戶打入，其餘也不致吃

虧，可是，人情澆薄，嘴臉難看，根本就是香港實況。

一個小女孩，如何借電話呢？布莊夥計鼻子朝天，沒道理知其不可而求之。可求的，是士多老闆夫婦。平常我幫襯買維他奶時，他們臉色當然和順，可是一旦求借電話嘛⋯⋯。我總是要仰起頭，看老闆夫婦的眉頭眼額，看厭惡的眼神，聽尖刻的聲氣。他們有時把臉掛下來，說：「盡快講完。」有時愛理不理，見我立着不動，好一會兒才喝道：「還不打？」漸漸地，我學會了竅門，先幫襯，後求借，不然，只會招來拒絕。這些所謂竅門，本是我最討厭的，偏偏為了借電話，竟然這樣委曲自己。

士多位於樓梯底，天花板是斜的，越近裏面就越矮。電話要深藏腹地，又要成年人就手，所以安裝在斜頂之下，布簾之內，我得側身鑽入。我矮小，腳板離地，腳尖略略踮起，才能用指頭在轉盤上撥。要是一按即通，快快講完，便是萬幸。最怕是佔線，或是無人接聽，難道要短時間內兩度求借？更何況，環境逼仄，怎能久留？只好道謝離去，走往南昌街。那兒有冰室，款客之道，尚算大方，寫明「電話限用三分鐘」。我厚顏走進去，排隊借電話，幸而好像沒給夥計罵過。然後步行七八分鐘，回到汝州街，再登上六樓，完成苦差，可

以向家人交代了。

不過借電話一用而已，卻消耗體力，浪擲光陰，甚至連自尊心也遭受粗糲的磨蝕。

到了七十年代中期，電話公司來信，說要是願意與鄰戶共用姊妹線，電話於月內可以安裝，而且月費便宜一半，不然，可能要多等一段日子。唐樓一梯兩伙，兩戶一壁之隔，商量後，立刻同意。電話兩台，電話號碼只相差最後一個字，電線則一條。僅是半線電話，且姍姍來遲，已儼如喜從天降了。電話就放在走廊砵櫃上，一層樓共住的房客都受惠，噢，語音往來終於成事，本來可望而不可即的電話隨時伸手可及，艱難歲月終於過去。電話擁有權的普及，令升斗市民活得更有尊嚴更愉快，說到底，種種磨難皆出於電話公司未能提供足夠線路。

手機在握，金屬特有的冷輕輕地傳來，那種冷，偶爾讓我回想起人情的冷，凜風吹寒的那種冷。不過借用電話而已，已經冷意逼人，要是借錢呢？一定霜凝雪降。也許正因要抖落指頭上的霜雪，自己才會發憤，脫貧是我莫大的心願。為科學家哩，心願是打通地球的任督二脈，毋須一線就讓東西南北經緯相牽，讓皚皚白雪與炎炎烈日千里談心。

手機精緻玲瓏，功能不可思議。天涯若比鄰，難得呀。

提刀

讀書年代，術科一直是我的弱項，音樂、美勞、體育樣樣不行，好了，既然如此，也得接受成績表術科欄裏不體面的等級。不過，人的行為有時是莫名其妙的，尤其是童心幼稚、天真爛漫之時。

有一幅美勞作品，不止給貼堂，還堂而皇之，於新春佳節高懸於學校大門口壁報板，師友可以欣賞，甚至過路行人隔着鐵柵遠遠望去，也看得見浮光躍金。在陽光下閃閃然，閃出舞臺璀璨似的，這幅畫，竟是我的作品！哎，以我的十指，又怎可能金榜題名呢？

那麼因何成績突飛猛進，竟爾一飛衝天，只因為有這麼兩個良夜，在唐樓無窗板間房裏，透出白光的光管下，姑婆一針一線，為我提刀。

五年級上學期期末，美勞先生吩咐回家做功課，這

份功課就是學期考試了。術科分數列為 ABC 等級，不影響名次。我不擅長畫畫，但也要有份底稿，便在圖畫紙畫了一位古代美人，髻雲堆起，斜插珠釵，長裙飄裾，可是這樣不夠立體不夠華麗的，便想到釘珠片吧。珠片熠熠生輝，華麗如舞台上的花旦哩。深水埗有許多出售服飾配件的店鋪，集中於大南街，五色繽紛，應有盡有，價錢相宜，小學生也買得起。大南街離家不遠，放學就去買珠片和幾顆小珠子，讓珠釵也能晃動。珠片極薄，放在透明膠袋裏，一小包，閃亮有光，倒出來數量原來不少。我幻想着，恍惚鑼鼓奏起，花旦款着蓮步，戲服輝煌，每寸碎步，珠片都窸窸窣窣響起，戲服閃閃生輝，又何畏踏出虎度門呢？

　　萬事俱備，可是最大問題來了，我素來拙於針黹，焉能細針密縫，在限期內完成？除非大針疏步，或者只滾一道邊⋯⋯

　　唐樓樓底高，光管低懸，也不夠亮，那盞二十五伏特的小桌燈，本來夾在床邊，供讀報用，姑婆只在寫家書給遠在美國的丈夫時才挪燈過來，夾在摺枱邊緣。那夜為了眼前小女孩的功課，移燈搬枱，一番陣仗。

　　姑婆大概五十了，在工廠車衣，常常抱怨眼睛不好，尤其是換線時要穿車針，份外費時吃力。那刻，

她看看我手畫的圖畫，沉吟一下，便着我穿針，幾色彩線，輪流使用。竟日操勞，疲倦未消，卻把珠片攤開，細細思量，終於動針。起初針步太疏，露出白紙，有穿崩的感覺，後來針步又太密，緊得珠片翻起，不甚貼服。漸漸她掌握了手力鬆緊，步法長短，而我負責換線，也知道線太短太長都會拖慢進度。我把珠片一片一片排列，那麼指頭輕輕一黏，幼幼的花針順勢已穿進珠片的孔裏。粉色珠片，嫩綠輕紅，月白鵝黃，勻稱釘在雪白畫紙上。珠片那種華麗，其實華麗得相當俗氣，還好顏色偏於淺淡，不致惡俗。

兩個長夜，挨到金睛火眼，從寬袖到長裾，都鋪滿珠片，工程不小，心力消耗。直到大功告成，明天有功課可交，才安心入睡。

第一遭請人捉刀，奇怪交功課之際，居然臉不紅心不跳，毫無犯罪感，更沒想到功課獲得 A 級。至於同榜的作品，其中多少是真材實料，多少是捉刀之作呢？世事誰能分曉？

姑婆對我的愛是無邊的，不過那種愛，包含了許多管束，例如不能說謊、不可依賴，今回偏偏為我捉刀。儘管美勞分數，不影響名次，但是誰不知道捉刀是不對的，既說謊又依賴，唉，我竟忘記教導，膽敢厚顏請

求，而姑婆又破例答應。可見世事往往不是一刀切，反而常在微妙心理、且不可理解情況下出現異常。

記憶中，求人捉刀只此一次，而我也曾替小輩做數學功課。當年考升中試訓練學生，四十五分鐘完成差不多一百題數，我受過訓練，所以在情非得已下，明知不應該，依然發揮速度與能力。歲月流轉，人生角色在轉換，更覺無傷大雅，不涉升遷的，也就算不得甚麼了。聽說一些中學附近的改衣店，每逢學期末就客似雲來，因為女生家政科要交功課，縫製圍裙、襯衫等，偏今天甚少家庭擁有衣車，唯有倚靠外援，捉刀遂成為生意興隆的理由了。看，這也是校園邊緣的浮世風景。

幾十年後仍未能忘懷那份功課，這已經不關榮辱了。只是姑婆就着微弱燈光替我穿珠片，直至夜深的情景，雖然人亡景渺，可是心湖深處，早已靜影沉璧了。

命運轉折昭隆街

中環昭隆街？當年在申請表格上看見這街名，一片茫然，不知昭隆街位於何處，唯有請教在中環當會計的鄰居，記着簡單路線，便從深水埗碼頭坐船往中環，一股傻氣直闖昭隆街遞交表格。現在回顧，方知道人生的一大轉折，就在昭隆街奇妙地完成了。

那麼在七十年代，對我這個中學生而言，昭隆街有何意義呢？這個說來話長，當年香港政府於教育有其願景，就是不能讓成績優異的學生，苦於家貧而被拒於大學門外。有願景，自然也有承擔，所以成立了「學生資助處」，讓大學生可以申請資助及貸款，於是學費、宿費、書費、生活費都有着落，一切迎刃而解。這灑甘露渡眾生的學生資助處，正正設在昭隆街。

日前路過德輔道中，無意中一望，赫然見地上有黑

色大理石，分別以端正中英文刻了昭隆街及 Chiu Lung Street 幾個字。如此刻字標示，可謂隆而重之，好像要鄭重其事，提醒行人這條街響噹噹的。卻原來在中環的心臟地帶，都以勒石這方式來把街道介紹，難怪説中環就是中環，真有派頭！這幾片石塊，有多少年歷史呢？石上已有幾道裂痕，長長的深深的，滿是風霜。這段路當年分明走過，地上是否鑴了字呢，毫無印象，不過，那時心情忐忑，步伐倉皇，思想只聚焦於升讀大學這一點，周圍環境自然無心觀察了。

停下腳步，往昭隆街裏頭望去，只見一家叫「永樂園」的茶餐廳，是出了名的「蛇竇」，中環一族開小差時，愛溜來這裏歎茶。昭隆街，其實是短短的橫街，與電車路軌成垂直，在盤谷銀行與萬邦行之間，只有兩百米長。內街以寫字樓為主，我抬頭張望，學生資助處實在無從訪尋，莫説自己當時年輕而彷徨的身影了。惆悵了一會兒，唯有用手機拍下地上昭隆街三個字。

路前駐足，拍照為記，往事歷歷，湧上心頭。

那時我是預科生，眼前是兩道難關，一是大學門檻，二是家庭阻力。香港只有兩間大學，即港大與中大，僧多粥少，能否考上大學，真是嚴峻考驗，自問並無信心。雲橫萬里，雪擁藍關，前路茫茫，萬一榜上

無名，隻身不知何往了？至於家庭，雖然不至於斬釘截鐵，反對到底，可是母親在人前人後直言，自己兩個兒子連中學也沒得讀，怎能讓女兒上大學！父親的理由卻是苦澀的。祖父是前清秀才，可是束脩微薄，一家老少長年只能吃粥，還是男的先吃，女的只能吃鍋底殘羹。農民耕田尚能安享米糧，十載寒窗反而捱餓吃苦，既然如此，讀書何用？所以兒子做藍領好了，女兒即使不學車衣，也要學打算盤，將來可以做去工廠做會計。祖父清貴而貧苦的命運，竟致父親產生了反學歷惡功名的觀念，更何況他的前半生步履蹣跚，處處碰壁，嘗盡悲辛，對兒女便不存厚望。再者，讀大學得花四年光陰，不如早日投身社會，或可覓得立錐之地。母親思想的局限，父親童年的陰影，使前景更添陰霾，滿途荊棘，充滿變數。

當年制度跟今日不同，放榜之前已要先申請，表格必須由家長簽名。這可叫人為難了，萬一名落孫山，只會加倍難堪。但若有幸入學而沒有申請，則失諸交臂。家境使然，我不得不成為現實主義者。躊躇良久，終於鼓起勇氣，把申請表格呈給父親，但見他略為沉吟，提筆便簽，再擲筆而去。母親只黑着臉瞪了我兩眼，過程還算順利。

成績尚未落實，既厚顏求父親簽名，又橫衝直撞馳驅奔走昭隆街，一念之間，終於登臨中大勝景。

資助及貸款，我們習慣叫grant and loan，資助不用償還，貸款則在畢業之後分數年歸還，每三個月還一次。款項相當不錯，一切都是恩典。猶記得我那兩筆錢加起來，一年有六七千，而學費是每年一千七，宿費每年四百多，不止夠用，還有餘錢拿回家。四年大學生活安穩如山，讓我心無旁騖，專心致志，醉心文學，甚至不用補習或教夜校。其實我在中二已經替人補習了，升中試獲派往私校，學費每月三十二元，家境清貧者再獲半免或全免，我獲半免，學費十六元，比較輕鬆。但是這津貼到中五為止，中六學費一百二十，同學介紹我替警司女兒補習，每周三次，工資一百五十，解了燃眉之急。比起中學生涯之奔波，大學歲月簡直豐足而無憂，甚至逍遙得不吃人間煙火。

要不是教育資助處之實質支持，估計自己依然會讀大學的，只是要咬緊牙關，天天坐火車來回於馬料水與九龍。然後披星戴月，拖着倦軀回崇基宿舍，心裏必然老是思量如何掙錢來籌措學費。

那刻立在昭隆街，神思恍惚。這短短的街道，曾經載着崇高的教育理念，體貼入微的關顧，高瞻遠矚的德

政，成就了無數莘莘學子。天降甘霖，潤澤一生，自己之能夠說服父母，又能從容於學習，終至大學畢業。命運轉折，都在昭隆街奇妙地完成了。

春節無情雞

　　小時候，每逢臨近過年，電台節目或者朋友互相戲謔，都喜歡用「無情雞」為題。雞，因何無情呢？卻原來老闆有意要解僱某員工，着他春節後不用再來上班了，如何表示呢？民間習俗居然是趁着吃團年飯時，老闆故意把雞頭向着某人——請他吃無情雞，於是一桌人都明白是甚麼一回事了。那人會識趣，惆悵吃過最後一頓飯，便自動捲鋪蓋，在鞭炮聲中拖着沉重的腳步離開，生計艱難，前景難測，唯有一步步向茫然走去。唉，春節，多彷徨的春節。

　　我父親工作勤懇，天性沉默，不生事端。誰料到竟然在一個春節吃了無情雞，唉，而且是全廠員工一起吃。年初一夜半新蒲崗一家製衣廠大火，整間廠焚毀了，幸而無人死傷。年初二早上電台廣播新聞，父親

一聽，叫了一聲，面色大變。板間房最易傳聲，姑婆從鄰房跑出來，問個究竟，留神傾聽，沒說甚麼，臉上流露憂色。父親匆忙下樓，跑到石硤尾街茶樓的報攤，春節多份報章休假，終於買了一份回家。那時他約四十歲吧，非常肥胖，家在六樓，上落樓梯，加上焦急，寒天竟也額角冒汗。把報紙翻呀翻，港聞版圖文並茂報道了，祝融把工廠大廈其中幾層燒得通黑，觸目驚心。

父親失業，偏在春節，更覺倒霉。從年初二到另覓新職，不到一個月，然而，那段日子的種種，看在一個孩子眼裏卻是深刻的。

發生火災，既成事實，事已至此，唯有積極找工作。那時勞工福利少，西洋節日如聖誕復活，照常開工，唯獨年假，工人可以小休數天。怎料晴天霹靂，又談甚麼休息呢？父親哪敢怠慢，連忙掏出電話簿，用鉛筆圈起同事的電話號碼，我家尚未安裝電話，樓下全是布匹行，門外仍貼着「恭賀新禧初八開市」，只好走遠些，到南昌街的冰室借電話。他說要拜託舊同事留心，也要相約謀職，共赴患難。之後大清早就外出，先上茶樓跟同事飲茶，吃最能充飢的盅頭飯，然後分頭去新蒲崗、牛頭角、觀塘等工廠密集區，看街招，找新工。到了下午，大家又相約在大排檔飲下午茶，交換情報，哪

區哪間可試，哪街哪家無望。大約未到黃昏便回家，躺在床，吁氣，鞋底恐怕磨穿了。

失業乃天災所致，又犯了甚麼錯呢？平日他把薪水幾乎悉數養家，只餘下一點零用，作坐小巴、吃午飯之用。失業後唯有打開五桶抽屜櫃，從放錢的朱古力鐵盒裏取零用。自從父親失業，母親一直面色難看，一見父親掏錢就罵。有一天父親未到中午就回家，可能那天沒頭緒吧，母親又生氣了，似乎不打算煮飯。

在低氣壓下，我躲到一角，怎料到，姑婆卻把一碗熱騰騰的飯，送到父親跟前，面上堆着笑容。飯面有一大塊肉餅、幾條菜，她雙手捧住，右手拇指食指間夾着筷子。父親一時錯愕，然後無言接過了。

六十年代香港經濟逐漸起飛，製衣業非常蓬勃，未至於人浮於事，只要肯捱，總可謀生。父親以熨恤衫為生，雖然張皇，不過新年後是求職旺季，不會長期失業的。一家人生活，難免有不愉快的回憶，像飯面的熱氣，很快消散了。

然而姑婆在最適當的一刻，給父親送上熱飯，那份美善卻凝固在我心底，給我最完美的示範。

那是春節最風和日暖的一刻。

怎能渡海來？

從前住唐樓時，儘管一屋七伙，非常擠迫，然而鄰里感情密切，其中一戶與我們交情最深。他們很早就遷出唐樓，搬進設計獲獎的彩虹邨。這種改變，跟香港人的命運相似，那是六十年代的事了。到了八十年代，我家抽中了居者有其屋，結束了二十多年的唐樓歲月，搬到長沙灣的居屋。這足跡，亦是不少香港人走過的。大城市裏從來都不乏小人物奮鬥的故事。

在一幢唐樓裏起居，守望相助，自然又搭起橋樑，連繫人脈，甚至乎，或多或少地改變了親朋的命運。

他們有個堂弟，從大陸去了澳門，暫時在船廠當技工，想申請來港。當年澳門一點也不金光燦爛，「賊船」（賭場）之外，平靜素樸，可是上游機會不多。這堂弟打聽到消息：只要香港公司願意聘請，就有機會來港，

他當然向親人求助。中國人最重親情，既然堂弟有求，就一定掏出心肺幫忙。鄰居既然與我家感情厚密，第一個想起能相助的，是我大哥。

我大哥很年輕已經創業，赤手空拳，營運着一家山寨五金廠。廠房位於深水埗舊碼頭，用鐵皮造，買兩三部舊機器回來生產。機器聲軋軋的，耳朵難受，卻把夢建造起來。

船廠與五金廠都是機械廠，性質相近，用這途徑申請，總有多少希望吧。他們先跟我父母商量，接着大哥在文件上蓋了工廠印章，還在東主一欄簽了名。數月後那堂弟坐佛山號輪船吧，順風順水就來到香港。

一段兄弟親情，一份鄰里情誼，義不容辭就鋪好跳板，讓他渡海，讓他尋夢。他來港後曾登門致謝，我只見過這麼一次。之後，他好像找到合適工作，再之後是……

「黃生、黃師奶」，這是那年代流行的稱呼。鄰居師奶聰慧，口舌伶俐。「那堂弟呀，他想來香港，我們沒本事幫忙，不怕厚面皮，請你們來幫才成事。沒想到他寄信回鄉下，說從來沒人關照，又告訴香港的親戚，說一切都是靠自己……」

我只見過那堂弟這麼一次，再次重逢是幾年前，中

間相隔數十年了。日子飛逝,生活紛繁,不相干的人,如佛山號輪船在港澳海域所激起的浪花飛沫,一閃即逝,怎會想起呢?那晚鄰居設下筵席,慶祝八十大壽,酒樓用活動板給主人家圍了獨立空間。三圍筵席,賓客非近親即好友,忽然看見一人,咦,好生眼熟,竟然不用思索就記起是那個堂弟。中國人對人情自有一套,縱然看清對方性情,然而到底是親戚,在重要場合,依然相邀。

一水之隔,波濤洶湧,得人助力,順利登岸。渡海之後,急不及待,否認恩典。他腦裏想甚麼呢?可能以為恩典是債務,怕恩人來討,所以此地無銀一番。又可能強調無需受恩已足能渡海,證明自己能幹、有本事吧。殊不知心理健康、底子厚實、福杯滿溢的,最會知恩念恩。至於舊式香港人那種重情仗義的美德,他永遠也不會明白的。

萍蹤寄異地

王隆

八角形的高雄燈塔

　　高雄燈塔雄峙於旗津小島。燈塔用磚頭砌成，發揮了磚頭能構建多種形態的特性。八角形的燈塔在台灣僅此一座，造型少見，更覺珍貴。

　　這燈塔俗稱旗後燈塔，地握要塞，居高臨下，進可攻退可守，有一種制高點的氣勢，除了指引往來船隻外，必要時當可發揮防守的軍事作用。

　　高雄與旗津只隔了一段水道，短短的，彷彿此岸濤聲，彼岸瞬間已隱約可聞。可是這距離卻容得下遠洋巨輪進出，也難怪高雄能成為台灣最大港口。坐船呢，引擎轟轟一響，然後慢悠悠的，不過五分鐘船程，已登上旗津古渡頭，渡頭富有荷蘭風味，畢竟荷蘭統治了台灣三十八年（一六二四至一六六二）。近可望之，偏又遠而隔海，渡海之後又要登高，一番周折，似近又不易即

之，添了高雄燈塔的魅力。

　　高雄燈塔建於一八八三年（清光緒九年），之前一直以中國傳統的燈杆、旗杆來指導船隻進出。一八六四年（清同治三年）已倡建燈塔，後來船隻往來頻繁，港口導航設施不足，常有意外，終於清廷聘請英籍建築師來興建，一柱擎天，所有儀器設備都從英國買的。後來日本佔領台灣，於一九一六年於原址旁改建新塔，兩年後落成，即今日所見，第二次世界大戰曾遭機關槍掃射，損毀輕微。此塔是西式風貌，可分為前後兩座，前面是一層平房，門窗對稱，線條典雅，中門門頂三角形，門的後方卻豎起八角圓頂大柱，即十五公尺高的燈塔。兩座功能不同的建築，獨立卻又相連，低矮前排與高聳後列，組合為一，很像積木，頗為可愛。從正面看，燈塔立在後頭，給前座一擋，燈塔高聳的姿態未能突出。得繞到側面，才窺燈塔直立全貌，八角線條硬朗而簡潔，柱頂雕刻了圖案花紋，十分精緻。燈塔功能不變，建築風格則有所變化，使燈塔形態不致於單一死板，增加了觀賞價值。前後兩位建築師的功力永留在旗津山巔，讓遊客從容欣賞。

　　眼前燈塔，處處流露建築師的心思。在顏色方面以白色為主調，這是燈塔慣用的，因為白色亮麗，讓遠遠

而來的輪船容易看見。然而基座、燈室的圍欄、塔頂及風向儀，都是黑色。對比鮮明，黑白相襯，極之好看。燈室給簾幕保護，怕日照太強傷害了燈，且溫度過高亦難於散熱，帷幕低垂，直至開燈才拉開。燈室玻璃呈菱形，很有特色。有一點值得一提，是這盞燈本是六等燈，單蕊定光燈，見距十浬，大概清廷財絀，無力把巨資投入燈塔，因為一等燈是極為昂貴的，香港第一座燈塔用上了一等燈，位於鶴咀。今日高雄燈塔已用四等旋轉透鏡電燈，每三十秒就連閃四次白光，光程二十五浬。

人在高雄，卻心繫香港，亦免不了比較一下。香港燈塔閒人止步，嚴禁內進，未能發揮旅遊等意義，殊為可惜。高雄燈塔開放時間很長，展覽室是免費參觀的，牆上高掛多張相片及以這燈塔為題的郵票，讓人緬懷。展品包括了燈塔模型、閃光訊號燈（ancient flasher）、方位圈（azimuth circle，放置羅盤上測量目標方位）、三桿測量儀（3 arm locator，測量三個陸上目標方位，用測量桿固定方位後，在海圖上推算出三條線，匯集點就是船位）、啞羅經（dumb compass，無磁針之羅經盤，測定方位補助羅經之用）、六分儀（sixtant，測星或太陽高度來計算船位）、潤滑油的注油器、室內

壁燈、55厘米白熾紗罩燈（55 cm incandescent mantle lamp，一九〇四年 Mr. Chance 發明，以煤油加壓噴出，加熱、汽化，點燃後罩上紗罩發出強烈光芒，為劃時代之改進，使燈塔光源進入另一里程碑）、古老海盜式伸縮單鏡望遠鏡（monocular telescope，old pirate-style extension momoculartelescope）、燈泡等。沉澱了歷史回憶，發揮了保育意義，傳授了燈塔知識。遊客登臨憑弔外，也上了一課，我覺得這種策畫，有開闊的視野，有長遠的考慮，非常成功。

燈塔之外，也營造了理想的觀光環境，矮矮的圍欄保障安全，矮矮的樹寬寬的樹冠不會阻擋景觀，草坪上有日晷儀，攝影發燒友或愛看風景的各得其所。又有寬寬的木椅供人竭腳，而小梯田似的梯級，線條甚美，筆直的弧形的，把遊人從山麓引領上燈塔，兩旁草皮修剪整齊，坡度陡而不急，遊人可以停一停喘喘氣，或掌握朝上的視角來拍照。整體規畫都體現了對遊人的關顧，給人很愉快的感覺。

於我而言，愉快是從燈塔外俯瞰整個高雄市，盡覽勝景，最動人情是西子灣，只因詩人余光中晚年為西子灣寫了不少名句，「發揚壽山的朝氣，珍惜西子的晚霞」，此刻正是落日，我終於追逐到西子的晚霞，詩人

慧眼所青睞的西子晚霞了。

愉快是得鍾玲教授驅車相伴，她說：「你為學習而來，而我最鼓勵學習，所以一定幫忙。」在她堅實信念與深厚情誼下，學習之旅在晚霞映照裏完成。

旗津三輪車達人

不過在旗津勾留了一個日影斜斜的下午而已，我們竟能把旗津重要景點如數家珍，只因為在碼頭三輪車集散地，遇上達人。他踏着踏着，腳踏拉動車鏈，車鏈推動車輪，車輪便繞着旗津這小島漫遊。

遊客少了，車夫只剩下一個，亦有遊客喜歡自己踏車，車夫唯有轉行。輪子摩擦柏油路，擦擦作響，眼前的車夫一派從容淡定，不把旅遊不景氣的憂愁帶給遊客。他一邊踏車，一邊解說，要而不繁，勝於許多導遊。短短一遊，已喜歡上旗津這小島。

車夫像田裏一根麥稈，瘦瘦長長，潛藏勁度和韌力，皮膚長期暴曬，自然印滿了陽光的顏色，鴨舌帽下的一張臉，皺紋斑駁。車夫本是台北人，與父母兄弟移居美國，浪遊多年，愛遊歷，終於回流台灣，選擇在旗

津落戶，那麼，旗津必有值得扎根之處。

此行專程來看高雄的旗後燈塔，特地請他先駛到燈塔腳下。登臨山巔，參觀展覽廳的陳列品，再俯瞰落日海景，我已心滿意足了。然而，車夫一程又一程展開了旗津的歷史和風景，實在喜出望外。

旗津是小島，無垠海景乃最大賣點，幾間婚紗公司合資在臨海搭建木框，一組形狀相同的木框，從大而小，從高而低，以幾何圖案，製造縱深視覺。木框盡頭正好迎接夕陽，圓圓的落日映照新娘的朱顏，要是風起，頭紗飛揚，飄逸極了。車夫指着大大的房子，說是供新娘更衣之用，婚紗生意利錢一定很深，不然不會投下巨資。

人工景點還有巨型海螺和金蚌殼，是遊客打卡必到之地，拍出來的相片果然好看，可見發展旅遊的頗有心思，因海而興起靈感，讓遊客把海中的螺蚌帶到夢去。

旗津有踩風大道，名字富於動感，彷彿風聲已呼呼吹來。穿過不長不短的隧道，除了聽見海在呼喚，更發現馬雅各醫生（Dr. James Laidlaw Maxwell）的紀念碑。他是第一個登陸台灣的西醫，把扶病救危的理想貢獻給南台灣。

路旁種了椰子樹，結了果，可惜味澀，因為泥土鹽

份過重，要吃就吃從屏東運來的椰子。車夫也曾賣過椰子，他要挑清甜的才賣，可惜虧本。這兒還有一種半邊花，花朵只開下半，上半的花瓣緊閉，只把心事吐露一半。

島上最宏偉的媽祖廟竟從未開放，原來是理事不和，另一媽祖廟自然香火鼎盛，還有佛寺叫憫愍寺。此地廟宇星羅棋布，約略可猜測當地人的信仰。最令人惋惜是勞動婦女紀念公園，一朵白蓮二十五瓣，旁邊有白色流線雕塑，以多國語言記下海難那一刻。原來在一九七三年有二十五個少女渡海回工廠，怎料渡輪沉沒。白蓮象徵了純潔和堅毅。

又有神風特戰隊隊員的雕塑，他跪下來，只因日本發動太平洋戰事，把台灣青年驅上菲律賓等戰場，死傷無數。

這兒有間區公所，建築華美，規模甚大，以旗津兩萬人口計，簡直大得不成比例，卻原來區公所對面就是污水淨化廠。淨化技術高，路過也嗅不到氣味。污水廠收入豐厚，繳付的稅金相應高，區公所也發財。旗津有小學和初中學校，到了高中便得去高雄上學。

車夫講解娓娓動聽，天黑了，依然樂此不疲，沒有草草作罷，證明他十分敬業樂業。我們倒有點焦急，雖

然時間有餘裕，可是我要乘搭夜機回港，不宜再留。登車前先議價，車夫說車資四百台幣，車程一小時，環島一匝，會沿途介紹。其實他為我們用了兩個小時，我們奉上小費，答謝車夫殷勤解說，達人瀟灑，笑而納之。

初訪旗津，繞島一周，居然能把重要景點記得一清二楚，把十公里長、四公里寬的旗津化為文字，這當然是達人傳授的。

老司機捶捶腰

　　旅遊車車身特別高，憑窗下望，份外分明，但見老司機拉下儲放行李的艙門，卻沒有立刻開車。他把腰往前彎，姿勢略呈弓形，雙手輕輕捶腰，捶好幾下，才返回司機座位。

　　參加了韓國賞楓團，一團二十多人，出發前各把行李放好，由司機獨力將之搬進艙裏，領隊導遊也會從旁幫忙。行李林林總總，或金屬硬殼，或尼龍質地，每件起碼二十磅，逐件托起，搬入艙，盡量往裏移。氣力要大，動作要快，不耽誤時光，大功告成後，司機腰痠了，可能有點痛，便輕輕捶腰。

　　司機六十多吧，並不魁梧，瘦瘦的，人很沉實，神氣內斂。開長途車挺辛苦的，此行山路不少，上坡落山，都考功夫。就憑他對方向盤的掌握，對路線的成竹

在胸，安全送我們訪名山、尋古剎、醉秋色、賞楓葉。韓文我只學會「先生、太太、小姐」，連「謝謝」也不會說，上車下車唯有用微笑道謝。身體語言的表達力很好，他嘴角微微一牽，含蓄回謝。

韓國男人以強悍聞名，這幾天在路上，不管是熱鬧的明洞，抑或清幽的內藏山，途中常給想越前的當地人撞肩膀。撞人者，男女都有，其實若嫌阻了去路，只要側身而過，不就越前了嗎？韓籍女導遊說韓國曾遭一千多次侵略，或認為強悍有其必要，可是強悍應適時而動呀。

幸而遇見這老司機，讓我沒有把以偏概全的成見帶回香港。他開車總是行車穩定，從不超車，不做大車欺負小車恃強凌弱的行徑。開車態度絕對反映出一個人的德性。捶捶腰，勤勤懇懇，勞而不怨，為梁啓超鼓吹的「敬業與樂業」展示實例。老司機為韓國山水以外，另畫了一張動人圖畫。

韓國探秋

　　旅行團的主題是紅葉遊，那此行是去探韓國之秋了。韓潮在《大長今》劇集推波助瀾下已流行多時，韓劇明星、歌星、化妝品、潮流服飾外，我別有憧憬。胡金銓拍《空山靈雨》時，特地赴韓國取景，山川靈秀，不可方物，那麼訪求如詩入畫的風景，大概不會失望。

　　一年風景中最動人者是秋。初遊此地，一心探秋、賞秋，一離開飛機場，立於秋裏，只覺秋風如剪，天氣略寒，得穿羽絨中褸了。古之高麗，今之韓國，在山海關外，長白山南，緯度四十，氣溫在十度以下。豈料導遊說，今年天氣不夠冷，紅葉未紅。以為滿山楓樹紅紅的，銀杏金金的，會照亮我的眼睛，秋色濃得可以藏在衣袖放在口袋，帶回香港。怎知紅葉姍姍，絳色遲來，泛了殷紅的只是稀稀疏疏，偶見數株未完全變紅，紅中

猶帶微綠，已舉起手機留照了。漸進的顏色呈現了葉色變化，不見得最美最絢麗，然而明白到金秋不過片刻，稍縱即逝，遠客又怎能把時間拿捏得非常準確呢？未能與紅紅的金金的秋葉相逢，只要乍然偶遇半紅楓葉，已忍不住樹下徘徊。既來之，則安之，莫辜負這七天行程，莫抱怨不見這不見那了。秋，將至未至，丹楓待變，倒也是訪秋、遇秋的經驗。

此地的石頭卻到處皆見，兀然不動，滄桑不變，教人仰視而嘆其壯偉，內心震蕩。團友握着鐵鏈造的扶手，九轉迴腸一樣盤旋而上，其中一個轉折處遇見化緣的山僧，敲着梵音，聲音隨山風飄揚，增添了東方意蘊。山勢雄偉，石顏巉岈，直插霄漢，蘊蓄奇氣，看過後，才明白天地造化的偉大。

石頭是理想建築材料，幾天訪過的古廟、宮殿，莫不以石頭為礎石。還有小橋、堤壩等等，都以石頭為素材，我推測石頭不止本土自用，更可外銷，這又是一段石頭記了。

石頭冷漠而傲岸，以莊嚴的本相，恆久的定力，不屈的意志，展示創造者的功力。

此行看紅葉看石頭，方欣賞到「不覺碧山暮，秋雲暗幾重」。訪秋，晤秋，愛秋、憶秋。

玉琢

談文且說藝

余光中怎樣為辛笛看手相？

　　我們中國人很相信緣份，而緣份之奇妙，真的要身處其中，親身體驗，方能領會。

　　余光中教授在散文〈誰能叫地球停止三秒？〉裏有這麼一段：「一九八一年大陸開放不久，辛笛與柯靈隨團去香港，參加中文大學主辦的『四十年代文學研討會』。辛笛當年出過詩集《手掌集》，我就此書提出一篇論文，因題生題，就叫〈試為辛笛看手相〉，大家覺得有趣。會後晚宴，攝影師特別為我與辛笛先生合照留念。突然我把他的右手握起，請他攤開掌心，任我指指點點，像是在看手相，辛笛大悅，眾人大笑。」

　　詩人筆墨，簡潔扼要，人物、時間、地點、事情都說得清楚。一九八一年是甚麼年代呢？政治環境變幻不定，這局面不可不察，原來是「大陸開放不久」。之前

兩岸隔了一彎淺淺的海峽，難以飛渡。大學設宴，文質彬彬，觥籌交錯，談笑間就打通了文學的關隘。騷人墨客在多年阻隔後，終於初度相逢，意義的確重大而深遠。

然而「特別為我與辛笛先生合照留念」的「攝影師」是誰呢？一個不為意，就會忽略。我對時事敏感不足，看過這段文字，沒有深究下去，而幕後英雄從來都是默默然，沒那麼受注目的。

到了〇六年，讀到明報小思老師的專欄「一瞥心思」，才知道那麼有心要記錄歷史時刻的攝影師，原來是她。她在專欄裏記述說：「當時正在中文系任教的余光中先生提交了一篇〈為詩人看手相〉的論文，討論對象就是王先生（王辛笛），在台灣還未解嚴前，這恐怕是相當大膽的突破。」「當晚只有我一人帶備照相機，為的是想捕捉珍貴的歷史時刻。」「更意外的是：余光中提出，要『設計』一個替王辛笛看手相的動作，左手輕托王的右掌，右手食指近指王的手掌，真是表情十足。快門一按，就這樣，我拍下了一幀兩岸詩人初接觸的難得剎那影像。」「這幀照片我一直沒有公開，因為拍過照後，余先生對我說：『這照片不要見報。』答應了我就守諾言。事隔二十多年，情勢已大異，照片也有點發黃

了。」

此文刊出，我寄了給余教授，讓他重溫往事。

辛笛先生，一九三一年考入清華大學外文系，後得朱光潛教授推薦，負笈英國愛丁堡大學。他亦詩亦文，四七年出版《手掌集》，作品尚有《辛笛詩稿》、《印象·花束》、《郷偶拾》、《夢餘隨筆》等。恰巧是一九八一年，他與詩友共九人出版新詩合集《九葉集》，因而有「九葉派詩人」之稱。

余光中教授，在香港中文大學任教了十一年，一直給定義為台灣詩人。一九八一年，辛笛已經六十九歲，白髮滿頭；余光中五十三歲，鬢髮亦已星星。兩位詩人——垂暮的大陸客、初老的台北人，相逢於香港，這一刻，攝影機咔嚓一聲，鎂光一閃，電光火石，就把冰封歲月消融。政治令人分離，可幸文學讓人團聚。

到了二〇一六年。香港中文大學圖書館舉辦展覽，名為「曲水回眸：小思眼中的香港」。開幕那天，小思老師特意指着玻璃展櫃的照片給我看，噢，原來是余光中為辛笛看手相那張，我忙說自己看過了，她又補充了當時來龍去脈，兩次說到「以為不肯答應」，卻獲「爽快答應」，乃留下不止富於歷史意義，更是有情有趣的相片。

二〇一七年余教授病逝高雄，他去世半年後，我從文件袋中，發現自己藏了小思這文章剪報，再次讀來，不免感觸，便以 WhatsApp 告知她。二〇一八年重陽是余教授生忌，中山大學為紀念他而舉辦學術研討會，余教授次女幼珊特別挑選了父親在香港時期的書籍贈我。我珍重地看看那三本書，一看，當下一愣，因為其一是辛笛與友人合寫的《九葉集》，先前提及兩岸破冰於一瞬，那一瞬突然重現眼前，我當下呆了，只覺緣份奇妙，不可思議。

原來是辛笛老人家不辭辛勞，把書帶來香港送給晚輩余光中，扉頁題字，墨跡分明，詩人俱逝，情誼猶在。幼珊心意，令我感動，可是這麼貴重的文物與回憶，應該讓更多人共賞。我覺得中文大學圖書館才是此書最理想的歸宿，於是以余師母范我存女士的名義贈予圖書館，相信更饒意義。他日若辦展覽，展櫃裏一張照片、兩篇文章、一本《九葉集》，四者並列，那麼，一九八一年這歷史時刻，自會躍然跳出，歷歷眼前。後之觀者，對當年這段突破阻隔的看相情景，對這段曲折緣份，或能領略一二吧。

許冠傑落霞更艷

「滄海一聲笑……啦啦啦……啦啦啦」，香港歌手許冠傑唱到這一闋時，已近六時，日已黃昏，暮色把維港輕籠，曲終了，餘音不盡。二〇二〇年四月十二日許冠傑為抗疫打氣，「同舟共濟」演唱會以online形式全球直播，其表演之動人，心意之美善，教人神為之奪，華人社會的掌聲同時同步地響徹全球。疫情苦澀，清曲療傷，抗疫回憶裏竟有那麼甘甜清潤的一服良藥。

根據主辦單位「健康旦」公佈，當天有二百五十五萬觀眾收看，幾天後網上再度上載，二十四小時內有六百五十五萬人次爭看，轟動程度，令人震驚而興奮，原來一個歌手的正能量，竟可以達於紅日艷陽的級數。一九九二年許冠傑退休演唱會共四十二場，以紅館座位一萬二千五計算，約有五十萬知音，當年他四十四歲。

二十八年後，九百萬人次收看，等於在紅館開了七百多場演唱會，唱足兩年，成績突破，創下光榮紀錄。七十一歲的許冠傑輕抱結他，自彈自唱，靜中有動，揮灑自如，清商迴蕩，歌詞一以貫之地寄寓樂觀。低調得恰好的衣著反而突出他依然高大清朗，讓人覺得歲月痕跡圓潤不殘忍。不穿與年齡不配的誇張衣飾，不扮青春不裝小，流露自信，彰顯實力。文人溫雅，禮貌周周，早年的大學生，自有內涵。老而彌堅的魅力，從容自若地壓場，一彈三嘆，中曲徘徊，金風玉露，勝卻人間無數。

演唱會製作人蕭潮順撰文簡述策畫統籌過程，得道多助，同心同德，幕後功臣，功不可沒。製作團隊選擇了海港城天台一隅為舞台，前台茵陳鋪地，後台正是維港，兩岸風光既是香港地標，又是繁華指數，也是美景代表，更是許冠傑成長的背景，意義多重。幾首香港情懷的〈獅子山下〉、〈洋紫荊〉、〈同舟共濟〉在「此時此處此模樣」更能緊扣人心，演唱會第一步已經成功了。加上天公造美，長天朗日，萬里無雲，攝製隊取景高明，海景份外迷人。許冠傑唱到「既決意留在這條船，齊齊令它不遭破損」，鏡頭集中於一艘白底間綠的渡海小輪，正在維港破浪，實景和應歌詞，聞之動容，或感

嘆唏噓，或激發鬥志，歌聲凌雲而上。

這演唱會觸動了我的記憶，記得有一短片拍於一九七四年，許冠傑曾於鶴咀燈塔高唱〈雙星情歌〉，恰巧我在寫燈塔的故事，忽然想起登塔吟唱，值得紀之，立刻在網上搜集相關資料，終於寫成了文章。為求內容深入，便盡量尋找他的履歷、專訪、登台記錄、創作歷程、評論、音樂短片等等，方發覺他的成長路步步都踏踏實實地立在香港土壤上，「根之茂者其實遂」，花繁葉茂，一路飄香，真是「人生多麼好」。

許多人一見許冠傑，開場白總是這一句：「我很小的時候已經聽你唱歌。」香港大學百年校慶時徐立之校長也這麼說，這句話一定引來哄堂大笑，髣髴誰都比許冠傑年輕。許冠傑生於一九四八年，十七歲加入「Harmonicks」，彈低音結他並任主音歌手，在酒店、夜總會及「麗的呼聲」電台表演。後來加入「蓮花樂隊」（Lotus），十九歲已經灌錄了兩張細碟，一舉成名。英雄出少年，名氣早臨，難怪香港人常說自小就聽他的歌，在他的歌聲裏長大。

我留意到歌迷中男性為數也不少，跟其他男歌手以女性為主力歌迷，大不相同，可能因為他的歌喜歡反映香港民生和表達人生哲理，不局限於情愛。曾有年青小

輩說自小已經隨父親到紅館聽許冠傑演唱會,可謂「幼承庭訓」,所以曲曲琅琅上口,歌詞倒背如流。

　　早負盛名,更難得是歌運長青,歌藝不減,從「夾Band」的長髮少年而樂壇「大哥大」,從青青子衿到兒孫繞膝,出道至今超過半世紀矣,樂壇升沉起伏,淘盡了多少前浪,他竟奇跡地幾乎沒有事業低潮。七八十年代是粵語流行曲的黃金歲月,熱潮席捲海內外。斯里蘭卡籍的廣告人Hans Ebert在美國殿堂級雜誌Billboard撰文,把Canton和pop兩個字合成,即廣東流行曲,自創新詞「Cantopop」,最先介紹領導風騷的許冠傑。BBC與香港電台英文台也首次播出廣東歌,那首是〈鬼馬雙星〉。他九二年退休到〇四年復出,中間隔了悠悠歲月,歌迷並未把他忘懷,唱片依然風行。從成名作〈Just a little〉而第一首廣東歌〈鐵塔凌雲〉,再而〈半斤八兩〉、〈浪子心聲〉等等,名曲原來那麼多,含金量高,聽來餘音繞樑,歌詞猶似橄欖回甘。風流人物,何懼浪花?

　　若問許冠傑因何能夠紅足五十年?「上天真的很眷顧我。」他已經說出答案了。一九五〇年他隨父母從廣州來港,家境貧困,租住鑽石山上元嶺石屋,後來搬入蘇屋邨彩雀樓。入住蘇屋邨正值發育時期,熱愛音樂,

逍遙無憂，開始「夾 Band」，那是一生最快樂的時光。中四入讀聖方濟書院，校長 Brother Gregory Seubert 不止把這本來無心向學的學生納入正軌，更嚴格督導他練習英文。預科時英華書院陳耀南老師教導有方，結果高考中國文學摘 A，考入香港大學。且看他寫的歌詞除了喜歡押韻外，亦大量運用三字句、四字句，再用散句，偶散並用，果然「名師出高徒」。才華之外，一路遇到恩師，「心嚮往蓬萊……蓬萊原是愛」，他愛父母、愛師長，愛母校、愛兄弟、愛鄰里……

許冠傑一小時的抗疫演唱會，凝聚了祥和團結，記錄了香港風華，成就了華人盛事，讓全球華人在抗疫回憶中留下最代表香港的歌聲。「君可見漫天落霞，名利息間似霧化」，他竟在晚年憑着功力和愛心，把漫天更艷的落霞永駐。

夏天正是讀書天

「春天不是讀書天，夏日炎炎正好眠，過得秋來冬又至，收拾書籍度殘年。」讀小學時，課室哪有冷氣機？夏日悶熱，天花板垂下電風扇轉呀轉，積滿塵埃的扇葉吹動熱風，我們偶爾會集體打瞌睡，先生就會唸起這首詩來，半是取笑，半是提醒：光陰寶貴，加緊讀書。一聽到先生這般吟誦，我們便在同學的笑聲裏挺直腰，揉揉太陽穴，或者舉手請求去洗把臉，總之一定要振作起來，要考升中試哩。

今時今日，學生懂得詩中句嗎？二〇二〇年庚子年春節後，全球陷於病毒侵害，香港所有學校都停課了，雖說網上上課，又怎及師生在課堂上切磋琢磨呢？幸而疫情稍斂，五六月間漸漸按班級高低而復課，可是沒上多少天課又放暑假了。那麼，這學年究竟有多少個讀書

天呢？更何況，幾個月來學習鬆懈，狀態如何恢復？

　　這個夏日，且莫虛度，不如早起，愛讀書，更要愛唸詩。讀書範圍很大，唸詩最好以《唐詩三百首》為起步，讓中國音律之美滋潤一天之始，一日之計響起文化音符，一整天都活得踏實過得充實了。唸着唸着，易於上口的唐詩很快就背出來，一首兩首，李白杜甫王維王之渙，破關一樣，隨口而出，出口是詩，成功感建立了。用聲音來朗讀詩歌，效果最理想，因為「聲入則心通」、「從聲入情」，聲音會引領進入詩意，中國古典詩押韻，又講究平仄，唸詩自然會把韻律感領會，又能把詩句記之在心。據研究，中國人是全世界背詩背得最多的民族，此乃是中國詩先天的特質所助，教育也居功，勤奮當然不可缺。

　　詩，是中國文學的一大支柱，是我們的文化根柢，一見夕陽，「夕陽無限好，只是近黃昏」的感慨便油然而生。一到清明，雨絲紛飛，自然是「清明時節雨紛紛，路上行人欲斷魂」的光景了。還有，新冠肺炎爆發於武漢，黃鶴樓正是武漢勝地，「昔人已乘黃鶴去，此地空餘黃鶴樓」，「故人西辭黃鶴樓，煙花三月下揚州」，文學的武漢，抗疫的武漢，合而為一，武漢於我們更近，長江波濤滔滔奔流於血脈裏。

詩，把氣質把心靈都薰陶，早上先唸詩，表示學習已進入好狀態了。不管是文理工商，黎明即起，先唸唐詩，每天早上一刻鐘吧，日積月累，除了熟讀唐詩外，學甚麼做甚麼，都因為慣於專注而入神，會漸入佳境的。

在這個飽經病疫的夏天，不一樣的夏天，莫怨夏日炎炎，憂患才能使人振作。不讀書，不成器。夏天正是唸詩天，夏天正是讀書天，莫辜負這讀書天。

徘徊《蝴蝶一生花裏》

蝶影飄忽，偏是萬紫千紅，哪能把蝶迷花徑逐一尋去。然而世上總有可愛人物，帶着偵探的睿智、學識和決心，憑小序慢詞、浪子心聲、南宋風尚，以及相關古籍，追蹤情絲怎綰赤繩難繫的種種因由。《蝴蝶一生花裏》──八百年前姜夔情詞探隱，遠處可上窮碧落下黃泉，細處又抽絲剝繭，讓讀者看清一闋〈蝶戀花〉。

真相卻原來是姜白石一生擁有四位女性：兩位美人，另一妻一妾。令他魂牽夢縈了一生者是梅娘，青樓歌妓，娉娉嫋嫋十三餘，初戀情可刻骨，何況相戀十載，白石居然背盟，另娶蕭氏女。蕭德藻是湖北參議，欣賞白石才華，便撮合姻緣，把或已大齡的侄女許配。只為謀事而結合的婚姻，難言恩愛，白石成家之後，未忘舊愛，數訪梅娘，伊人終於琵琶別奏，另嫁他人。

　　小紅本是范成大的歌妓，歌〈疏影〉、〈暗香〉，音節諧婉。范成大將之贈予白石，乃有「自琢新詞韻最嬌，小紅低唱我吹簫」，文學融合音樂，青衣映照才郎，風流事跡，千古艷羨，小紅歌聲早留文學史了。不過，五年後小紅亦改嫁去矣。白石失去生命裏第三位女性。第四名是梳鬢的阿瓊，新安溪莊主人所贈，所謂「阿瓊愁裏弄妝遲」，這小妾陪仕途情路兩茫然的白石走完人生路。

　　清繆鉞云：「詩顯而詞隱，詩直而詞婉，詩有時質言而詞更多比興。」從比較點出隱晦迂迴乃詞的特質。更兼王國維讀姜夔詞，認「霧裏看花，終隔一層」，可見解讀白石詞，委實艱難。《蝴蝶一生花裏》作者下足苦功，情根盤糾也有本事查個明白，大量旁徵博引，借眾多詩客詞人之作以旁證，動用史記、漢書、隋書、晉書、宋史等來說明，探白石出生地而求助《輿地紀勝》，還從《竺可楨文集·中國近五千年來氣候變遷的初步研究》查到宋代天氣較冷，故白石詞中雪景甚冷峻清寒。至於《莊子》、《列子》、《本草綱目》、《述異記》、《西京雜記》、《汴京殘夢》等各類書籍皆巧為運用，真是積學儲寶，腹笥五車。

　　文筆則古雅秀潔，如「京洛佳人，一劫同灰；衣冠

流民，避地江左；東京夢華，風流雲散。」「別淚萬千，比杯中的酒更滿；話也説不出口，內心鬱結，相對嗚咽；燈火淒清，歌筵無色；這是在水邊驛站夜飲的情景。」「更上高樓，則見芳草萋萋千里，可是舉國如在軟紅之中。」雖為論文，難得或麗句清詞或鋪彩摛文，比許多散文集美多了。行文雖富古典美，然而跳脱無陳腐氣，為求貼切而用上時代語，如白石販貨是「物流」事務；説〈揚州慢〉版本則用1.0版、2.0版，既不泥古亦不輕新。

靈活敏鋭不止見於辭藻，亦反映於治學態度，例如對靖康恥的「恥」解讀就很深刻。原來除了徽欽二宗被擄外，金軍還要求呈報宮廷婦女名冊，趙家親貴婦女任由污穢的蠻夷征服者享有，「恥」令人更沉痛。又例如「未定情鍾痛，何堪更悼亡」，悼亡是悼范成大，「情鍾痛」是范瞭解白石失去梅娘而痛，才贈以小紅。又為了解「鴉頭襪」而求助於三國時代出土文物漆木屐，再而推論歌妓步姿受過訓練。推論可信，白先勇《金大班最後一夜》電影版中，姚煒曾示範嬝娜身姿讓小舞女模仿。

讀書多卻不迂闊，勇於探索，廣於搜證，善於旁敲，敢於歸結，流露識見，一切一切，皆源自學養淵

博。否則，假設與結論在無實學支持下，就虛無空疏無本無根了。

　　作者譚福基校長是新詩詩壇推手之一，港大學生時代已經編輯《詩風》，繼而《詩雙月刊》、《詩網絡》。跟我相識於曲折奇妙中，暢談於新冠肺炎第三波爆發之初，至今僅僅一個月。相交日子短，信任份量重，則才疏如我，徘徊淺說不含水分的白石情詞考據，又有何妨呢？

後記：詩人譚福基於二〇二一年四月十三日因中
　　　風永別詩壇，重讀此文，倍添傷痛。

文哲兩玲瓏

——序《發光的人》

　　《發光的人》這本書，從時間言，是從一九六九年橫跨到二〇二〇年；從空間言，是從美國校園而港台山水再而內地勝景等。立於其間者是作者鍾玲教授的身影，渺渺然於天地，一雙腿健行而遠拓，一對眼細察而前瞻，一顆心探索而靜思，一支筆玲瓏而深刻，乃成此書。

　　作者每每在抒情、寫景、狀物之際，文末忽而運筆跳躍，點出哲理，令人心頭一顫，乍悟靈光。抒情一類，從喪親之震驚哀痛而攜父母骨灰登山，完成了孝女艱難的步道。從林惺嶽動念自殺，余光中夫妻及時勸解，明白到時空和死亡，阻隔不了情份。從回顧胡金銓電影，悼其一生飄蕩，析其四個夢想，更哀其為民族苦難發聲的最後一夢未圓；讓千古嘆息，迴迴蕩蕩。從驚

聞白雲禪師突然圓寂，領悟到禪師如此大去是有意給弟子面對大變化大損失的機會。從朋友間的小誤會，卒之化不善業為善業，道出友情之不可不珍重。從創辦福慧慈善基金的嚴太太以「沒有牽掛」而全力助學，領會到善境無私。從初到香港浸會大學，「心經」書法掛於辦公室牆上而受阻，思考到自己職務的意義，放棄了「執着」，結果在基督教環境裏也得到認同，幾近白雲禪師的「一念三千，圓思熟慮」矣。

寫景一類，筆力更見遒勁。蘇州一遊，先是訝異〈楓橋夜泊〉不過短詩一首，當地竟憑此來造鎮，卻又撐起了旅遊業。再而震驚於腳下青石橋竟糾結了日本業緣，四百年前的倭寇與抗戰時日軍都在此大肆屠殺，偏百年來無數日本人滿懷渴慕來楓橋朝聖。遼寧的化石林，提醒了神妙之事已在人類存在之前一樁樁發生，只等待懵懂的我們去發現。馬來西亞三保山的歷史發展，微妙地使墳山既安亡魂亦供休憩，人鬼幽明同樂，體會到華人團結之力量。大清帝國發源聖地烏拉古城，印證努爾哈赤對敵軍徹底收編和融合，開國之君為大清盛世邁出了睿智的第一步。徘徊漢代長城時，霍去病一句：「匈奴未滅，何以家為？」激起作者的英雄崇拜症，再探求出猛將並非犯了殺業，而是立下保家衛國的大願。

狀物一類，如莫邪殉劍，拆解了傳說、信念、念想等其實不知含了多少虛妄。小小香爐，亦足啓發《金剛經》所謂「法無定法」。

　　哲理高明外，且別忽略行文矯健，「他用兵神速，攻其不備」，「一萬驃騎勇猛無比，赴死爭功」，短短數句，如寶劍出鞘。當然，毋須導讀，只要看到「見證了烽火台上那位兵士，他正瞭望匈奴出沒的地方，眼中流露警戒和焦慮，當月亮由大漠邊緣升起，他思念起老家門前的大樹和倚門北望的母親」，意境動人，情深志遠，怎不神馳呢？

各篇定稿日期

落日故人情

城市風景線

髧髫話當年

萍蹤寄異地

談文且説藝

黃秀蓮作品

《歲月如煙》

《翠篷紅衫人力車》

《風雨蕭瑟上學路》

《生時不負樹中盟》

香 港 藝 術 發 展 局
Hong Kong Arts Development Council 資助

香港藝術發展局全力支持藝術表達自由,本計劃
內容並不反映本局意見。